目次

第一章　裏切り

一

毎月八日と十二日は茅場町《かやば》薬師の縁日で、盆栽の草木や庭木を売る店がたくさん出ている。

江戸の人々は庭に珍しい木を植え、部屋には盆栽を置くのが好きらしく、たいそうな人出だった。

薄い紺の股引《ももひ》き、青地の小紋の着物を尻端折《しりはしょ》りし、颯爽《さっそう》と佐助《さすけ》が露店の間を歩いて行くと、それと気づいた女たちから「佐平次《さへいじ》親分よ」という黄色い声が上がった。

切れ長で色白、浮世絵から抜け出たような佐平次親分に向ける女たちの眼差《まなざ》しは熱い。

佐助はいい気持だ。女たちだけではない、男たちも尊敬の眼差しを向けている。これまでにも幾つかの凶悪事件を解決させてきて、その人気はいよいよ高まっているのだ。

佐助の後ろには、細身だが筋肉質の体で削《そ》いだような鋭い顔つきの平助《へいすけ》と相撲取《すもうと》りと見紛《まが》う巨軀《きょく》の次助《じすけ》というふたりの子分がついている。

「てえした人出じゃねえか。俺たちも何か買っていくか。なあ、次助」

佐助が親分の貫禄《かんろく》を見せつけるように言うと、

「なに気取ってやがるんだ」

と、次助が佐助の腕をつねった。

「痛てっ。な、なにするんだ」

「おい、皆が見ている。でんと構えろ」

平助が小声で叱《しか》る。

つねられた腕をさすりながら、佐助は威厳を保つように口許《くちもと》を引き締め、挨拶《あいさつ》をしてくる者たちに鷹揚《おうよう》に頷《うなず》いて見せた。

この三人、元を糺《ただ》せば美人局《つつもたせ》を生業《なりわい》にしていた小悪党。それが今は、佐平次親分として人望を集めているにはわけがある。

「おい、掏摸《すり》だぜ」

突然、次助が囁《ささや》いた。雑踏の中も、頭一つ飛び出ている次助にはよく見えるようだ。

「門前横の露店だ」

次助が指の節々をぽきぽきさせながら張り切った。

ひとの間を縫って件《くだん》の露店を見ると、盆栽を眺めている商家の旦那《だんな》ふうの男の背中にくっつくようにしてふたりの男が立ち、その後ろに馬面の男が立っていた。いずれも遊び人ふうの男だ。

背中にくっついているふたりのうちの痩《や》せっぽっちの男が商家の旦那の横にまわった。

そして、後ろから押されたように装いながら獲物のほうに倒れ込んだ。

「今盗《と》った」

痩せっぽっちの男が掏《す》りとり、その巾着《きんちゃく》をすぐ馬面の男に後ろ手に渡した。巾着を懐に素早くしまい、馬面の男は身を翻し、ひとをかき分けてその場から離れて行った。

「俺が追う」

平助が馬面の男を追った。

佐助と次助はふたりの男に近づいた。

「おい、今何をした？」

いきなり現れた巨軀の次助に、ふたりはぎょっとしたように目を剝《む》いた。次助は両手をぐっと突き出し、ふたりの襟首を摑《つか》んだ。

「な、なにをしやがんだ」

大男に摑まれて恐慌を来したように、ふたりの男は襟首にかかった手を振りほどこうとしてもがいた。

「静かにしねえか。長谷川町の佐平次だ」

佐助は大声で気取って名乗った。皆が見ていると思うと、佐助は無意識のうちに見えを切ってしまう。もともと目立ちたがりやだったのかもしれない。

「放せ、放しやがれ。俺たちが何をしたって言うんでえ」

なおもふたりは狂ったように絶叫した。

「この佐平次の目はごまかせねえぜ」

佐助は周囲の視線が自分に集まるのを意識しながら、

「財布はだいじょうぶですかえ」

と、不安そうに傍らに立っている商家の旦那ふうの男に訊《たず》ねた。

やっと我に返ったように、男は懐に手をやった。

「あっ、ない。財布がない」

悲鳴のような声を上げた。

「ふざけんな。いいがかりをつけやがって」

襟首を摑まれながら、瘦せっぽっちの男が喚《わめ》く。もうひとりも手足をばたつかせ、

「掏ったかどうか、俺っちを裸にしてみろ」

と、喚いた。

「もし、出てきやしなかったら、この始末をどうつけるんだ」

「静かにしろ」

平助の声がした。馬面の男の腕をねじまげながら、平助が戻って来た。馬面は悲鳴を上げている。

「親分」

平助は財布を佐助に渡した。

「財布ってのはこいつじゃありやせんか」

改めて、佐助が商家の旦那にきく。

「あっ、これです」

「どうだ、これでもしらを切ろうってのか」

佐助は三人の顔を見た。

「知らねえ」

しらじらしく痩せっぽっちの男が言う。

「おめえたちのように三人掛かりでどさくさに紛れて盗みとるなんて、掏摸の風上にもおけねえ奴《やつ》だ」

佐助は一喝し、

「自身番《じしんばん》まで来てもらおう」

「知らねえ。俺たちは知らねえ」

「往生際が悪いぜ」

佐助は三人を叱りつけると、野次馬に向かって、

「皆さん、せっかくのお楽しみのところをお騒がせして申し訳ありやせんでした。もう、すみやした」

佐助はまるで舞台の役者のように皆に笑顔を見せた。

「さあ、行くぞ」

佐助は颯爽と先に立った。掏摸の三人は悄然《しょうぜん》としている。特に、次助に吊《つ》るさせたふたりは惨めな姿だ。

自身番に三人を預けたあと、佐助ははたと気づいた。これから八丁堀の井原伊十郎《いはらいじゅうろう》の屋敷に向かうところだったのだ。

とんだ道草を食ってしまったと、急いで伊十郎のところに向かった。

井原伊十郎は北町奉行所の定町廻り《じょうまちまわ》同心である。三十三歳になるが、いまだに独り身。組屋敷に着くと、伊十郎がいらついた顔つきで待っていた。屋敷には伊十郎の父の代かららいる若党と小者《こもの》がいて、伊十郎の身の回りの世話を焼いている。この伊十郎こそ、元美人局の三兄弟を岡《おか》っ引《ぴ》きに仕立てた張本人だ。

「おせえじゃねえか。まさか、盆栽などを見て寄り道していたわけじゃあるめえな」

内心どきりとし、

「そうじゃねえんで。通り掛かったら掏摸騒ぎがありやした。そんで暇をとっちまったってわけで」

寄り道したから掏摸の現場を見つけたのだが、そのことを問われる前に、佐助はすぐに話を逸《そ》らした。

「で、旦那。用とはなんですかえ」

何か言いたそうだったが、伊十郎は渋い顔つきになった。

「じつは、俺が出入りしている、さる藩のお留守居役が佐平次を見込んでぜひ頼みがあるというのだ」

「へえ。酔狂な御方もいるもんですねえ」

佐助は呆《あき》れたような声を出した。

「茶化すな」

「茶化しちゃいやせん。どこの藩か知りやせんが、立派な武士があっしらに頼みがあるなんて信じられねえだけですぜ」

「佐平次の評判を聞いてのことだ」

佐平次の評判は大名屋敷にまで轟《とどろ》いているのかと思ったが、お留守居役というのはいつも他の藩のお留守居役たちと打ち合わせと称して料理屋で遊んでいるので、女将《おかみ》か芸者あたりの口から佐平次のことが耳に入ったのかもしれない。

「それにしたって、あっしたちにはとんと縁のねえ御方だ。旦那に相談し、その旦那があっしらを使ってその頼みを果たすってのがふつうじゃねえんですかえ」

「だが、向こうはおめえを名指ししているんだ。俺じゃなくて佐平次をだ」

最後は語気を強めた。なるほど、伊十郎の機嫌が悪いのは俺たちが待たせたばかりじゃなくて、そのこともあったのかと合点した。

「で、どうするんですかえ」

「会いたいって言っているんだ」

「どんな用件かわからないんですかえ」

「俺にも言おうとせんのだ」

伊十郎は苦々しそうに言う。

「旦那の意見は？」

「俺の意見だと？　なんだ、どういうことだ」

「いえね、お断りしたほうがいいのかってことです。だって、旦那は気にいらねえんでしょう」

「そうもいかん。付け届けをもらっている手前もあるからな」

各藩では藩士らが町で事件を起こした場合などに手心を加えてもらおうと、奉行所に日頃から付け届けをしているが、それとは別に同心にも小遣いをやって藩士が事件に巻き込まれた場合などに備えている。

伊十郎はその藩にいろいろ便宜を図ってやったり、事件をもみ消してやったりしているのだろう。

そういう関係だから断ることも出来ないのだ。

「いってえ、どこの藩ですかえ」

それまで黙って聞いていた平助が口をはさんだ。

「沢島《さわしま》藩だ」

「沢島藩？　小川町に大きな上屋敷のあるところですかえ」

「そうだ」

「確か、十万石」

西国の大名だ。

伊十郎はやや声をひそめ、

「そこのお留守居役間宮庄右衛門《まみやしようえもん》どのだ。佐平次に頼みがあるっていうのは」

「で、いつ会いたいって言うんですかえ」

「早ければ早いほどいいと。たとえば、今夜でも」

「今夜なんて無茶ですぜ」

次助が怒ったように口を入れた。

伊十郎が睨《にら》む。次助は肩を竦《すく》めて小さくなった。

「なんで、今夜なんです?」

平助が落ち着きはらった声できく。

「ちょうど日本橋の料理屋で寄合があるそうだ。そこに来てくれれば、ちょっと抜け出してくるという話だ」

「料理屋?」

次助が敏感に反応した。

「ひょっとしたら、馳走《ちそう》になれるかも。行こうじゃねえか。なあ、そうしようぜ」

次助が今にも涎《よだれ》を垂らしそうな意地汚さで言う。

「なんでえ、食い物の話になると次助兄いはころりと変わるんだから」

佐助は呆れた。

「まあ、行くだけ行ってみるか。いや、行かざるを得まい。いってえどんな用なんだ」

伊十郎はぶつぶつ言いながら立ち上がった。

八丁堀から日本橋までたいした距離ではない。

一石橋近くにある大きな門構えの料理屋に入って、出て来た色っぽい女将に伊十郎が名乗ると、すぐに四人を廊下を渡った庭に面した部屋に通してくれた。

次助はきょろきょろ落ち着かない。

女将が挨拶をして出て行ったあと、

「お留守居役ってのは、いつもこんな店で遊んでいるのか」

と、次助は目を丸くしている。

「それも藩の金だろう」

佐助もうらやましげに言い、

「俺たちだって男を騙《だま》していたころは、こういう料理屋にも入れた……」

と続け、傍《そば》に伊十郎がいることに気づいてあわてて口を押さえた。

伊十郎が怖い顔で睨んでいた。

「旦那。遅いですねえ」

佐助は空惚《そらとぼ》けて入口に目をやる。

「話し合いの合間を縫ってくるってことだ。もう少し待っていろ」

「そうじゃねえ」

「何がだ？」

「料理ですよ」

「料理だと？」

「そういう約束でやしょう？」

次助がいらだちを隠さずに言う。

「約束って何だ？」

伊十郎が次助に目をやる。

「だって呑《の》んで食わせてくれるんじゃねえんですかえ」

「誰がそんな約束をした？」

「えっ」

次助は目を丸くした。

「次助。俺は御馳走してくれるなんて言わなかったぜ。ただ、別の部屋で待っていてくれと言っただけだ」

「そんな」

次助の肩を持つように、佐助は口をとんがらせて抗議する。

「ひとに頼みごとをするっていうのに、そりゃないですぜ。わざわざ料理屋に呼んでおいて。自分はうまいものを食べて……」

「そうだ」

次助は憤然とした。

怒りに輪をかけるように、三味線の音がことさら大きく聞こえてきた。

「兄い。こんなとこにいても仕方ない。さあ、引き上げようぜ」

佐助は立ち上がった。

「おい、待てよ」

平助が座ったまま佐助と次助を見上げた。伊十郎が腕組みをして顔を歪《ゆが》めている。

「せっかく来たんだ。もう少し待っていよう」

「したって、こんな場所に呼びつけて、ひとをさんざん待たせて。そんな野郎の頼みなんてくだらねえことに違いねえ。どうせ、けちで強欲で身勝手な野郎だろうぜ。頼まれたくもねえ」

佐助はくさした。

御馳走を期待して夕飯をとらずにやって来たのだ。その期待が外れたと知ったとたん、空腹がますますこたえてきた。

部屋を出て行こうとしたとき、廊下で声がしたので、佐助と次助はあわてて元の場所に戻った。

襖《ふすま》が開き、五十年配の侍が入って来た。伊十郎が居住まいを正したので、佐助も次助もあわてて姿勢を正した。

「待たせたな。すまん、すまん」

　中年の武士がずかずかと入って来て、床の間を背にして座った。大柄な男だ。鬢《びん》は白くなっているが、眉《まゆ》が濃くて目鼻立ちの整った顔は若々しい雰囲気だ。

「なかなか抜け出せなくてな」

　目の縁がほんのりと紅い。酒が入っているのだ。ちっと、佐助は内心で舌打ちした。

「間宮さま。佐平次と子分の平助と次助にございます」

　伊十郎が紹介した。

「間宮庄右衛門でござる。そちが今評判の佐平次か。なるほど、これは見事な男振りだ」

　庄右衛門は感嘆したから、

「今夜は急の呼び立てにも拘《かか》わらずご足労願ってすまなんだ。さっそくだが、佐平次親分に頼みがある」

　そう言ったあと、庄右衛門は急に渋い表情になった。

「なんなりと」

　伊十郎が勝手に言う。間宮庄右衛門の前では伊十郎は態度をがらりと変えている。おもしろくねえ、と佐助は返事もしない。庄右衛門は気にするでもなく、

「ここで拙者の話すこと、他言無用に願いたい」

　と、真顔になった。

　その真剣な表情に、佐助もついつり込まれたように、大きく頷いた。

　が、庄右衛門はなかなか切り出さない。

「間宮さま、いかがなされましたか」

伊十郎が顔を覗《のぞ》き込むようにしてきいた。

「うむ」

さっきから、唸《うな》ってばかりだ。

「誰も他に聞き耳を立てる者はおりませぬ。どうぞ、お話しください」

伊十郎が急《せ》かす。

「間宮さまらしくありませぬ。さあ、何なりと」

「よし」

と、庄右衛門は意を決したように顔を上げた。

が、すぐに気弱そうに俯《うつむ》いた。

伊十郎が佐助に目顔で何か言った。意味がわからず小首を傾《かし》げると、平助が耳元で、

「おめえから急かせってことだ」

と、囁いた。

こんなに言いづらそうにしている頼みごととは何だろうと興味も湧《わ》いてきたので、佐助ははじめて口を開いた。

「間宮さま。どうぞ、この佐平次を信用なすって何でもお話しください」

「うむ。佐平次」

やっとその気になったのか、庄右衛門はやや膝《ひざ》を進め、声をひそめた。

「これは役儀とは関係ない。私事だ」

「はあ」

気負い込んでいたのがはぐらかされたようになった。藩に関《かか》わる災厄でもあるのかと思っていたのだ。

「じつは、ゆうべ屋敷におけいという若い女がわしを訪ねてやって来てのう」

庄右衛門の声が途切れた。佐助は目顔で先を促す。

ため息をついてから、庄右衛門は続けた。

「その若い女。付き添いを連れ、なにやらいわくあり気だったので、会ってみた」

また、庄右衛門の声が止まったので、

「まさか、間宮さまの娘だと言い出したわけではございますまい」

と、佐助は冗談めかして言った。

すぐに返事はなく、庄右衛門の表情は蒼白《そうはく》になっていた。

「えっ、まさか」

伊十郎が驚きの声を発した。

「その、まさかだ」

庄右衛門がため息をついた。

伊十郎が口をあんぐりさせた。

「驚いたか」

「驚きました」

伊十郎はやっと口を開いた。

「わしも驚いた」

庄右衛門は苦虫を嚙《か》み潰《つぶ》したような表情で応じた。

「して、その娘の申すことは誠なのでございますか」

佐助が確かめる。

「わからん」

「わからんとは、ひょっとしたらそうかもしれないと言うのでございますか」

「わからん」

佐助は呆れ返ってから、

「でも、思い当たる節はおありなのですね」

「ああ」

「なんでございますか」

「母親の名を申した。お品《しな》という。そのお品をよく知っているのだ」

「知っていると言うのは？」

「二十年前、お品は神田明神下の『花川』という料理屋で働いていた。いや、知り合ったのは料理屋ではない。当時、わしは浄瑠璃《じょうるり》を習いに行っておってな」

「浄瑠璃でございますか」

「お留守居役を勤めるには芸の一つでも出来なくてはと思い、神田旅籠《はたご》町の師匠の家にこっそり習いに行っておったのだ。そこで知り合った。お品も弟子でな。十八か十九であったろう」

お留守居役は藩の外交を担う役職だ。幕府への交渉や打ち合わせ、また他の大名との打ち合わせなどを行う。

その内容は、幕府からの金のかかる用向きを押しつけられそうなときには、これを外すか軽減するように働きかけたり、藩に不利になりそうなことを防ぐ駆け引きを役目としているのだ。

そのためにいろいろな情報を集める必要があり、各大名の留守居役と情報の交換などでしょっちゅうお座敷で会合を開いている。藩の金で、毎晩呑み食いしているいい身分だ。

「いつしか、こっそり忍び会うようになって……」

庄右衛門は言いよどんだ。

「男女の仲になっていたのですね」

佐助が直截《ちょくせつ》にきくと、庄右衛門はぶすっとした顔で頷いた。

二十年前というと、庄右衛門は三十前。

「どこで会われたのですか」

佐助はきいた。

「不忍池《しのばずのいけ》の畔《ほとり》にある出合茶屋だ。お品はいい女でな。わしもつい夢中になった」

「そのときはもう奥さまとは？」

「所帯を持っていた」

庄右衛門は、今度は気弱そうな表情になった。

「どうして、手が切れたのでございますか」

「それが突然のことだった。ある日、師匠の家に行ったら、お品が稽古《けいこ》を辞めたといきなり言われた。師匠がわし宛《あて》の手紙を預かっておってな。そこには、よんどころのない事情でお別れしなければならなくなりましたと記してあった。わしはさっぱり理由がわからなかった。ご迷惑をおかけしたくないとあったが、何が迷惑なのかわからなかった」

「そのまま関係を続けていると間宮さまに迷惑がかかるから身を引くということでございますね」

「そうだと思う」

「お品さんのことは、奥さまはご存じではないのですね」

「もちろんだ」

「おけいという娘は間宮さまの子であるという証《あかし》は持ってなかったのですか」

「そんなものはない。が、わしとお品とのことをよく知っている。母から聞いたと言っていた。それから、お品がわしから離れて行ったのはお腹に子が出来たからだと言っていたらしい」

いちおうもっともらしいが、他の男の子を身籠《みご》もったために庄右衛門から身を隠したと考えられなくもない。また、父親は庄右衛門だと、母親が嘘《うそ》をついた可能性も否定出来ない。もっとも、真実おけいが庄右衛門の娘であるということも十分にあり得る。

「そこで、誠、おけいなる娘が我が子か、いやそれより、おけいの背後に何か企《たくら》みを持つ人間がいないか、そういった点も調べて欲しいのだ」

しかし、そんなことは佐平次の仕事ではありませんと、佐助が言おうとするより先に、

「もちろん、無事解決したら、礼はたっぷりさせてもらう」

と、庄右衛門は縋りつくような目をした。

「やらせていただきます」

礼と聞いて、覚えず口をついて出た。

「もちろんですとも」

次助も口を出した。

「娘である云々《うんぬん》もそうですが、おけいの一存での行動か、あるいは背後の何者かに唆《そその》かされているのか。調べてみましょう」

佐助が胸を張って請け負った。

「頼む。内密でな」

「なれど、もしおけいが真実、間宮さまの子であるとわかったらどうなさるおつもりでございますか」

平助が確かめるようにきいた。

「そんなことはあってはならない」

庄右衛門は目を剝き、

「よいか、絶対に違うということでなければならないのだ」

と、押さえ込むように言った。

仮に事実だったとしても、そのことを葬れと言っているのだ。

「佐平次。頼む、このとおりだ。なんとかしてくれ。うまくいったら礼はたっぷりするからな」

そんな先の礼ではなく、今の空腹をなんとかしてくれと言いたいのを我慢したとき、ぐうという妙に大きな音がした。

皆の視線が次助に集まった。次助が小さくなっている。次助の腹の虫が鳴ったのだ。

「よし、話は済んだ」

庄右衛門は手を叩《たた》いた。

すぐに襖が開き、顔を出した仲居に、

「料理を出してくれ」

と言い、自分は立ち上がった。

「わしは向こうに戻らねばならん。自由にやっていってくれ。勘定のことは心配いらん」

「間宮さま、ありがとうございます」

次助が部屋を出て行く庄右衛門に頭を下げた。

やがて、銚子《ちょうし》二本と料理が運ばれて来た。酒はすぐになくなり、次助が遠慮なく酒の追加をした。

すると、女将がやって来て、

「お酒の追加分はこちらさまから戴《いただ》くようにということでございますが」

「なんだと」

目を剝いたのは伊十郎だ。

「酒はいい」

と、追加を断った。

「そんな、旦那。せっかくの料理に酒がなくちゃ」

次助が不平を言う。

「冗談じゃねえ。誰が払うんだ」

久しく口にしなかった鰻《うなぎ》や鯉《こい》こくも出たのに、酒無しの味気ない食事だった。妙に沈んだ雰囲気の中、話し声も少なく箸《はし》を動かしていた。

二

下谷御数寄屋《したやおすきや》町の料理屋の前に差しかかったとき、寄合が終わったのか、店から羽織姿の商家の旦那ふうの男が数人出て来た。店先に駕籠《かご》が三丁待っている。

「それじゃ、天津《あまつ》屋さん。お先に」

天津屋という言葉が耳に入り、田之助《たのすけ》は店前を行き過ぎてからさっと路地の暗がりに身を隠し、料理屋の店先を窺《うかが》った。

年配の痩身《そうしん》の男が駕籠に乗り込んだ。

「きょうはご苦労さまでした」

三十半ばと思える恰幅《かっぷく》のよい男が駕籠に向かって声をかけた。

「佐太郎《さたろう》……」

田之助は覚えず呟《つぶや》いた。

渋みを増して、体も肥《ふと》って貫禄がついているが、佐太郎に間違いなかった。いや、それは昔の名、今は店を継ぎ、天津屋立右衛門《たつえもん》になっているのだろう。

佐太郎は田之助と同じ年だから三十四歳になる。

次々と客を見送ったあとで、今度は佐太郎が若い衆に見送られ料理屋をあとにした。佐太郎は駕籠に乗らずにそのまま歩き出した。

戻ることになるが、少し遅れて田之助は佐太郎のあとをつけて歩き出した。この界隈《かいわい》は芸妓《げいぎ》が多く、座敷に向かう姿が目につく。

佐太郎の背中を目で追っていると、いつの間にかがっしりした体格の浪人が現れ、佐太郎と並んで歩き出した。

用心棒か。佐太郎が用心棒を雇っていることに驚きを禁じ得ない。天津屋ほどの大店《おおだな》であれば商売上のいざこざもあるとは思うが、用心棒を雇うというのはふつうではないような気がした。

通りに出てから三橋を渡って上野山下に向かったので、おやっと思った。天津屋は本石町《ほんごく》一丁目にある。方角が逆だ。

田之助はそのままふたりのあとをつけた。

堀沿いを入谷《いりや》方面に向かう。

左手に上野の山。右手に小さな寺が並んでいる。

下谷御切手町を突き抜け、鬼子母神《きしもじん》を過ぎ、やがて入谷に入ってきた。右手に入谷田圃《たんぼ》が広がっている。やがて、大きな樹木が角に立っている小道を左に折れた。

しばらく小道を行くと、途中で浪人が立ち止まった。が、佐太郎はそのまま歩いて行った。

ちっと田之助は舌打ちした。浪人が邪魔で先に進めない。が、佐太郎の行き先を突き止めたいという欲求に勝てなかった。

田之助はそのまま足を運んだ。浪人は大木のように道の真ん中に立っている。

浪人の脇を行き過ぎようとしたとき、

「どこへ行く?」

と、野太い声がした。

田之助は立ち止まった。

浪人は月代《さかやき》が伸び、あごひげも濃い。

「へ、へい。知り合いのところに」

「なぜつけてきた？」

「とんでもありやせん。たまたま行き先がいっしょだっただけなんです」

「わしの目はごまかせせん」

浪人が刀の柄《つか》に手をかけた。

「何をなさいますか」

田之助は一歩退いた。

「相手の正体を知ってのことであろう」

「旦那。そいつは誤解だ。ほんとうにつけていたわけじゃありやせん」

田之助は懸命に言い訳をした。

浪人は抜き打ちざまに斬《き》りかかってきた。田之助は飛び退《の》いて身をかわした。

「なぜ、そんなに用心なさっているのですね。あのひとは誰かに狙《ねら》われているのですか」

「今の身のこなし。おぬし、やはりただ者ではないな」

「とんでもねえ。あっしはただの行商人ですぜ」

「まあ、よい。おぬしの顔を覚えておこう。ここから引き返せ」

浪人がそう言ったのは、佐太郎がもうどこぞに消えた時間を計算したからであろう。

「へえ。じゃあ」

田之助は身を翻した。

翌日、田之助は本石町一丁目にやって来た。荷箱を背負った煙草《タバコ》売りの姿だ。きょうは雲が張り出しているが、雨になる心配はなさそうだ。

大通りの両側に老舗《しにせ》の大店が並ぶ。武士や僧侶、行商人、職人、女太夫《おんなだゆう》などが行き交い賑《にぎ》やかだ。その人込みに紛れ、田之助は天津屋の前を通った。

天津屋は紙問屋の老舗である。驚いたことに、屋根看板は大きく派手なものになり、店は十年前より大きくなっていた。

暖簾《のれん》越しに、番頭らしき男の顔が見える。記憶にある顔ではなかった。奉公人も入れ代わっているのだろうか。

十年振りで江戸に戻って二ヶ月になる。

二度と戻るまいと心に決めて出たのだが、江戸に舞い戻る羽目になった。十年前の過去とはきっぱり縁を切ったのであり、今さら天津屋に興味を示すつもりはなかった。

だが、ゆうべ見かけた佐太郎の姿に見過ごすことの出来ない何かを感じたのだ。それに、大旦那やお嬢さまのことも気になった。

十年前まで、田之助は天津屋の手代《てだい》をしていたのだ。だから、当時佐太郎といった現当主の立右衛門は朋輩《ほうばい》だった。

店は活気に満ちている。大八車が荷を運んで来た。

　田之助は裏にまわってみた。白壁の土蔵は以前のままだ。日に何度か紙の出し入れで土蔵を往復したものだ。あのまま何事もなければ、今頃は俺が天津屋の主人になっていたかもしれないと、胸に刺すような痛みを覚えた。

　再び表通りに出ようとしたとき、女中といっしょに年増《としま》の女と小さな女の子が出て来た。年増の女は女中と女の子を見送りに出て来たようだ。

「お嬢さま……」

　田之助は目を見張った。天津屋のひとり娘、今は佐太郎の内儀のお千代《ちよ》だ。頬《ほお》が落ち窪《くぼ》み、顎《あご》が尖《とが》っている。顔に険がある。まだ三十前のはずだが、若さに欠けるように思える。

　昔のふくよかな顔立ちの愛らしいお千代とは別人の感がある。

　女中と女の子は出かけて行った。佐太郎とお千代の子か。六歳くらいだろうか。お千代は裏口の手前でふと立ち止まり、振り返った。覚えず飛び出して行きそうになったが、思い止《とど》まった。

　何かが違う。佐太郎とお千代はうまくいっていないのだろうか。佐太郎の秘密めいた行動が気になる。

　田之助は再び表通りに出た。

　そのとき、店から男が追い出されるように出て来てよろめいた。三十ぐらいの痩せた男だ。

「お願いです。旦那さまにお取り次ぎを」

　あとから出て来た手代ふうの男に懸命に訴えた。

「何度来ても無駄です。仁兵衛《じんべえ》さんとのことがあるから今までおつきあいさせていただいただけです。さあ、早くお帰りください」

　二十半ばと思える手代が汚い物を追い払うように言う。

　腰を折って哀願している男の脇を忙しそうに奉公人が出入りする。

　諦《あきら》めたらしく、男は悄然として引き上げた。

　堀に出た。堀沿いをよろけた足取りで歩く男に、田之助は声をかけた。

「もし、旦那さん」

　男は立ち止まり、虚《うつ》ろな目を向けた。

「いらないよ」

　男は力なく手を振った。商売で声をかけたと思ったようだ。

「いえ、そうじゃねえんです。今、天津屋さんから出て来られやしたね」

　男は恨みがましい顔になった。

「いってえ何があったんですねえ」

「別に」

「なんだか、天津屋の手代の応対があまりにも冷たかったのでついお声をかけてしやいやした。確か、仁兵衛さんと手代が呼んでおりやしたが、ひょっとして仲買人の仁兵衛さんのことでは？」

「父のことを知っているのか」

男は驚いたようにきき返した。

「やっぱし、そうでしたか。仲買人の仁兵衛さんの……」

生産地と問屋を結びつける仲買人の仁兵衛とは何度か顔を合わせたことがある。その息子のようだ。

「昔、仁兵衛さんにはちょっと世話になったことがありやす。仁兵衛さんはお達者で？」

「去年死んだ」

「えっ、お亡くなりに？」

「急に倒れて、そのままだ。突然のことだった」

「そうですかえ」

俺にもあんたぐれえの倅《せがれ》がいるんだ、と言っていた仁兵衛の顔が蘇《よみがえ》った。

「天津屋と仁兵衛さんのおつきあいは深かったんじゃありませんか」

「ふん。おやじが死んでから手のひらを返したようになった。いや、大旦那が亡くなってからおかしくなったんだ」

「大旦那が亡くなった？　それはいつのことで？」

「もう三年前だ」

そうか、先代はお亡くなりになったのかと、胸が締めつけられる思いがした。

「大旦那は病気だったのですかえ」

人通りがあるので、堀のほうに移動した。

「いや。酔っぱらって川にはまったって聞いている」

「まさか」

酔っぱらって川にはまったなんて、先代らしくない。

「おやじもそう言っていた。だが、お役人の調べでもそうなったんだ」

「でも、天津屋には娘婿の跡継ぎが……」

「今の旦那がだめだ。賄賂《わいろ》を寄越す業者を大事に、古くからの取引先を粗末にしだしたんだ。儲《もう》けにしか目が向かねえ」

「今の旦那はどんなひとなんですね」

「情けを知らない冷たい人間だ。手代上がりのくせしやがって」

表情険しく、男は吐き捨てた。

「内儀《おかみ》さんはどうなさっているんですね」

「さあ、あまり旦那とはうまくいってねえという噂《うわさ》だ」

「うまくいってない？」

「あの旦那は外に女がいるって噂だからね」

やはり、入谷に佐太郎の女がいるのだ。たちまち、お千代の不幸が想像された。

「天津屋さんを恨んでいる人間は多いんでしょうね」

用心棒の浪人を思い出してきいた。

「俺だって、殺してやりたいさ」

そう吐き捨てる仁兵衛の息子の目は据わっていた。

とぼとぼと男が去って行ったあと、田之助は裏切られた思いにかられた。あの頃の佐太郎は気のいい真面目《まじめ》な男だった。いってえ、どうしてしまったのだと、十年の歳月の大きさを感じないわけにはいかなかった。

三

どんよりとした空模様だ。佐助たちは浅草六軒町に向かった。そこに、おけいという娘が住んでいる。

まったく妙なことになった。伊十郎が世話になっているお留守居役の頼みとはいえ、なぜ俺たちがこんなことしなくちゃならないのだと思う一方で、一昨日の料理の味が蘇ってきた。

佐平次になってから、いやもっと言えば、美人局の罪で伊十郎に捕まって以来、あんなにうまいものを食べたことはなかった。

三人で美人局をして銭を稼いでいた頃がなつかしい。持ち前の美貌《びぼう》を利用して女に化けての美人局。娘になった佐助が金のありそうな男を騙して出合茶屋に連れ込み、いざというときに平助と次助のふたりが登場しての恐喝。

相手の男は世間体を気にしてお上《かみ》に届けようとせず、三人は大金をせしめて豪遊。なにしろ、鼻の下の長い男たちが多く、稼業は大繁盛であった。

ところがひょんなことから伊十郎のお縄を受ける羽目になった。大番屋の取調べで佐助は女のままで押し通していたが、ついに男であると見破られた。

そのことで、伊十郎は佐助たちを利用することを考えついたのだ。

昨今、岡っ引きの評判は悪くなる一方だった。手の足りないために、ごろつきなどを手《て》懐《なず》けて岡っ引きとして捕物の手助けをさせていたのだ。もともと、岡っ引きには悪だった者が多い。

だから、御用を笠《かさ》に着て、町の衆から賄賂などをせびる。その威張った態度は皆の顰蹙《ひんしゆく》を買っていた。

過去にも岡っ引き禁止令が出されたらしい。このままでは、またも岡っ引き禁止令が出されてしまう。そういう危惧《きぐ》を持っていた伊十郎に閃《ひらめ》いたのが佐助を佐平次親分に仕立てることだった。

これまでの岡っ引きは強面《こわもて》のする者ばかり。そこに役者張りの岡っ引きを登場させ、まず女たちの気を惹《ひ》こうとしたのだ。ただ、役者のような男振りだけでは女子どもの人気を集めても、男たちからは評価を受けない。やはり、問題はいかに岡っ引きとしての実績を作るかだ。

佐助には岡っ引きとしてやっていくだけの智恵も勇気もない。その不足を補うために智恵者の平助と怪力の持主の次助を子分に据え、佐助の補佐をさせようとしたのだ。

こうして三人で一人前の佐平次親分が誕生した。佐助の一番の役目は岡っ引きの評判を上げることだ。

佐助たちはその期待に応《こた》え、これまでにも何人もの凶悪犯を捕まえてきた。もっとも、これには多分に幸運にも恵まれていたが、難事件を解決してきたことには変わりない。

その佐平次の今度の仕事は事件とはまったく関係ないものだ。これを解決したからといって佐平次の名が上がるわけではなく、岡っ引きの評価を上げることにはならない。しかし、謝礼がたんまり貰《もら》える可能性がある。なにしろ、佐平次は理想的な岡っ引きだから町のひとから袖《そで》の下を貰うような真似《まね》は出来ない。だから、余禄がないのだ。

そんなことを考えながら、やがて浅草六軒町にやって来た。

藤兵衛店という長屋はすぐにわかった。すぐにおけいに会うつもりはなく、最初は周囲の評判を聞いておこうとした。ついでに、どんな娘かひと目見ておくつもりだ。

佐平次は長屋の木戸を入って行った。

井戸端にいた女房連中のひとりが佐助を見て悲鳴のような声を上げた。つられたように皆の視線が集まった。

「ひょっとして、佐平次親分」

小肥りの女が叫んだ。

佐助は笑みを湛《たた》え、

「手を休ませちまってすまねえが、ちときさてえんだが」

と、少し気取って言う。

「なんなりと」

女どもが近寄って来た。

「近くの子どもが若い女に困っているところを助けてもらったらしいんだ。親御さんがぜひ御礼したいって言うんだが、さて相手の名もわからねえ。子どもの話だと、この町のひとみたいだと言う。それでこうして探しているってわけだ」

岡っ引きが訪ねて来たと知ったらどんな噂が立てられるかも知れず、佐助は平助が考えた口実を口にした。

「ここで若い女といえばおけいちゃんしかないね」

すぐに手応えがあった。

「ほう、おけいというのは?」

とぼけて、佐助が口の大きな女に顔を向ける。

「半年ほど前にここに越して来た娘です」

「今、いるのかえ」

「いいえ、さっき仕立てた着物を届けに行くと言って出かけましたよ。帰りは暗くなってからと言ってました」

「いえ、ひとり。以前は本所《ほんじょ》のほうに住んでいたそうさ。でも、母親が亡くなってからここに来たんですよ」

おけいは母親が死んだあと、いっとき両国の水茶屋で働いていたらしいが、世話をする者があって今は仕立ての仕事で生計を立てているという。

「どんな感じなのか」

「慎《つつ》ましやかで、しっかりした娘さんですよ」

「おけいに誰か訪ねて来る者はいるのかえ」

佐助は常に女たちひとり一人の顔を順繰りに見る。分け隔てなく、公平を期する。佐助の気遣いだ。

「おけいちゃんの世話をしている女のひと。おくにさん。なんでも、おけいちゃんの母親の友達だそうだけど、たまにやって来ているわさ」

「おくにか」

おけいが間宮庄右衛門に会いに来たとき、付き添って来た女だろう。

「男は？」

「いえ。その点は固いようですよ」

「違うようだな」

佐助は残念そうに呟いた。

「子どもの話だからはっきりしたことはわからねえが、助けてくれた女は派手な感じで、でかい声で喋《しゃべ》る女のようだ。おけいとはだいぶ印象が違う。他を当たることにしよう」

「親分、何かあったらまた来てくださいな」

木戸口で振り返ると、女たちはまだ見送っていた。

東本願寺、俗に門跡前のある蕎麦《そば》屋で暇を潰し、暮六つ（六時）の鐘が鳴り出したのを聞いてから、まず平助が樽《たる》椅子《いす》から立ち上がった。

あわてて次助が残った酒を一気に呑み干した。

佐助もおもむろに立ち上がって、

「馳走になった」

と、板場の入口に立っていたたすき掛けの娘に声をかけた。

平助が銭を払って店を出た。佐助と次助もあとに続く。

外が明るく感じられたのは曇っていた空が晴れて、月が顔を覗かせていたからだ。きょうは十五日、満月だ。

再び、六軒町に向かった。

肩に道具箱をかついだ大工や印半纏《しるしばんてん》の職人らしい男たちが家路を急いでいる。長屋の路地から棒手振《ぼてふ》りの魚屋が出て来た。にこやかなのは魚が思ったより売れたからか、それとも女房たちと冗談を言い合っていたのか。

おけいのいる長屋の路地に平助だけが入って行き、佐助と次助は表通りで待った。

平助が戻って来た。

「まだ、戻っちゃいねえ」

魚を焼いていた女房が家に引っ込むと、路地には誰もいなくなった。佐助と平助は今度は木戸口にある家主の家を訪ねた。

「食事どきをすまねえ。あっしは長谷川町の佐平次ってものだ」

「これは佐平次親分」

でっぷり肥った家主がいそいそと出て来た。

「この長屋に住んでいるおけいという娘についてききたいんだ」

「えっ、おけいに何か」

「いや。そうじゃねえ。じつは、内密にしてもらいてえのだが、おけいに縁談があってな。相手の親御がどんな素性の娘か気にしていたんだ」

「そりゃ、よいお話で。あのおけいさんなら申し分ありませんよ」

「ひとり暮らしだそうだな」

「へえ。でも、身持ちは固い」

「この長屋に住むについちゃ、誰か保証人はいたのかえ」

「ええ。母親の友達だというおくにさんです。入谷に住んでいて、おけいさんに仕立ての仕事を世話してやっているってことです」

おけいは家主の評判も上々だった。

家主の家を出てから、表通りで待っている次助の所に戻ったが、まだおけいらしい女は帰って来ないと言った。

それから四半刻《しはんとき》（三十分）後に、若い女が風呂敷包を抱えてつかつかと長屋の路地を入って行った。十七、八歳か。

「あれが、おけいか」

次助が呟いた。

「なるほど、感じのいい娘だ」

佐助は安心したように応じた。

器量がよく、慎ましやかで好感が持てた。月の光を浴びて、輝くような娘だ。これなら、間宮庄右衛門の娘だとしても信じられる。

「そうだろう、兄い」

佐助が平助に同意を求めた。

「ああ」

平助は気のない返事をした。

「兄い、何かあんのか」

「見かけは確かにいい。だが、問題はおくにって女だな」

「そうだな。気立てがいいぶんだけ、おくにって女にいいように利用されてしまう危険性もあるわけだ」

佐助は顔をしかめ、

「今度はおくにって女を調べる必要があるな。おくにって女にどんな男がついているか」

「そういうことだ。だが、その前にまだおけいについて調べることがある。おくにに会うのはそれからだ。さあ、帰るぜ」

平助は言い、さっさと歩き始めた。

寺の多い町を抜けると、武家地になる。佐竹右京大夫《さたけうきょうだゆう》の屋敷に沿って堀がある。不忍池へと続いているのだ。

三味線堀に出た。堀の水が月明かりを照り返している。ときおり水音がする。この辺りは、武家屋敷の多いところだ。

三味線堀から少し行ったときだった。

「おや」

と、平助が前方を見て声を発した。

武家屋敷から頭巾《ずきん》を被《かぶ》った侍たちが出て来た。全部で五人。中のひとりは堂々とした体格で、紫の縮緬《ちりめん》の頭巾を被っている。この屋敷の当主だろうか。白丸に黒い小さな丸が三つの紋所。

五人は佐助たちの向かう方角に歩いて行った。長身の侍が佐助たちを見ていたが、やおら踵《きびす》を返して仲間のあとを追った。早足だが、とくに急いでいるふうではない。

「妙な連中だな」

門前に差しかかった。長屋門からみて、四乃至《ないし》五百石ぐらいの格式だろう。潜《くぐ》り戸が開いたままだ。

佐助は好奇心にかられて潜り戸に体を入れた。

「血の匂《にお》いだ」

平助が叫んだ。

そのとき、奥から下男ふうの年寄りが飛び出して来た。

「どうしましたえ。なにかあったので?」

小柄な老僕は蒼白な顔で、

「いえ、なんでも。急病で、お医者さまを」

と舌をもつれさせながら言い終えると、表に走り去って行った。

武家屋敷は町方には管轄外だ。が、どうも捨ててはおけない。この屋敷内で何かが起こった。そう思わざるを得ない。さっき出て行った五人の侍の様子も不可解だ。

「もし、ごめんなさい」

佐助は門内に向かって呼びかけた。

門番もいない。そっと足を踏み入れたとき、ひとの呻《うめ》き声が聞こえた。門番所からだ。

そこを覗くと、猿ぐつわをかまされ、後ろ手に縛られた男が呻いていた。

次助が助けに行こうとしたとき、鬢に白いものの目立つ武士が奥から飛んで来て、

「何でもありませぬ。これは内輪でのこと。どうぞ、お引き取りくだされ」

と、声を震わせて言う。この家の用人か。

「しかし、只事《ただごと》とは思えませぬが」

「何でもありません。さあ、この通りでございます。お引き取りを」

用人とおぼしき老武士は真剣な眼差しで頭を下げた。

佐助が戸惑っていると、平助が目顔で引き上げようと言っている。

「わかりやした」

腑《ふ》に落ちないまま、佐助は元の道に戻った。

「兄い。いってえ何があったんだろう」

「わからねえ。だが、只事じゃねえな。さっき出て行った五人。奴らが屋敷内で何かをしたはずだ」

「旗本同士の喧嘩《けんか》かな」

中のひとりは殿さまらしい風格があった。しかし、平助は小首を傾げたままで何も答えなかった。

しばらく行くうちに、駕籠がやって来た。医者だ。

駕籠は今の屋敷に入って行った。

この先に辻番所《つじばんしょ》がある。佐助はそこに寄った。

「ここを五人の侍が通りやせんでしたか」

「うむ。通った」

「頭巾は？」

「そういえば、頭巾をつけていたようだな」

「怪しいところは？」

「いや、別に」

堂々としているので、怪しむまではいかなかったのだろう。

しばらくして、医者が戻って来た。佐助は医者の駕籠に向かった。


翌朝、佐助は八丁堀の伊十郎の屋敷に行った。

門前で会った小者に挨拶をし、庭から奥の座敷に向かうと、ちょうど髪結いが引き上げたばかりで、伊十郎は鏡をためつすがめつ眺めていた。

伊十郎が未だに妻帯しないのは、女嫌いというわけではない。まったくの逆で、女好きのほうだが、独りのほうが煩わしくなくて、せいせいしていていいと思っているのだ。それだけいろんな女と遊べるからだろう。

「おう、もう何かわかったのか」

「いえ。例の件はまだなんですが、ちと気になることがありましてね」

「あの御仁《ごじん》もまったく隅におけねえな」

間宮庄右衛門のことを呆れたように言うので、

「旦那も気をつけてくださいよ」

と、平助が釘《くぎ》を刺した。女と間違いを起こすなと言ったのだが、伊十郎は意に介さない。

「俺はだいじょうぶだ。それより、何だ、気になることって」

縁側に腰を下ろし、伊十郎はさっぱりした顔を向けた。

「岩淵《いわぶち》又右衛門《またえもん》という旗本をご存じですか」

「いや、知らねえな」

「三味線堀の近くに屋敷があるんですがね。じつはゆうべのこと」

佐助は覆面で顔を隠した五人の武士が岩淵又右衛門の屋敷から出て来たことから、老僕が医者を呼びに行ったこと、門番が猿ぐつわをかまされて縛られていたことを話すと、伊十郎の顔が真剣味を帯びてきた。

「で、医者の帰りを待ち伏せて様子をきいたんですが、若党がひとり斬られて駆けつけたときには死んでいたっていうんです」

医者はなかなか話したがらなかったが、やっと重い口を開かせたのだ。あの屋敷が岩淵又右衛門の屋敷だというのは医者から聞いたのだ。

「お屋敷のほうじゃ、自害したと言っているそうですが、自分で出来る傷ではないと医者が言ってました」

伊十郎の顔が紅潮してきた。

「そうか、やはりほんとうのことだったか」

「旦那、何か」

「その五人組だ」

「心当たりがあるんですかえ」

「じつはな、本郷の旗本屋敷でも似たようなことがあった。そこでは、用人が病死したと言っているらしいが、どうも斬り殺されたらしい」

「どういうことなんで？」

「理由がわからねえ。だが、盗賊に入られたって噂がある」

「盗賊ですって」

旗本同士の喧嘩沙汰《ざた》かと思ったが、伊十郎は意外なことを言い出した。

「当の旗本屋敷のほうじゃ否定している。だが、火盗改《かとうあらため》の与力《よりき》と同心がこっそり、被害に遭った旗本屋敷に入って行ったのを見た者がいる」

「火盗改？　どういうことですかえ」

「どうやら、旗本屋敷専門に押し入る盗賊がいるってことだ」

「へえ、旗本屋敷だけを狙うんですかえ」

「それほどの大身《たいしん》ではない旗本は家来を雇う金がないから手薄だ。が、そこそこに金がある。それを狙ってのことだろう」

その格式に見合って、家来は用人、若党、門番、槍持《やりもち》、中間《ちゅうげん》、草履取《ぞうりと》り、さらに奥には女中と下働きの下女、飯炊きの下男などが揃《そろ》っているのだが、昨今は武家の家計も厳しく、家来や奉公人の数を減らしているのだ。

今の旗本屋敷にはひとはそれほどいない。強盗にとってみれば一番狙い目なのかもしれない。

「しかし、そんな話は耳に入っちゃいませんが」

佐助は小首を傾げた。

「不名誉だから被害に遭っても口を閉ざしているんだ。そりゃ、そうだ。旗本が盗賊に入られて金を盗まれたなど口が腐っても言えまい。泣き寝入りしている旗本がたくさんいるはずだ。だが、奥方や娘を手込めにされた旗本がこっそり火盗改に捜索を頼んだんじゃねえかな。町奉行に話が漏れれば噂が広まる。たとえ町方が捕まえても、詮議《せんぎ》の席で押し入った先の名をべらべら喋られたら旗本は迷惑だ。だが、火盗改なら斬り捨て御免だ」

「そんな事件が起こっていたんですかえ」

佐助がため息混じりに呟く。

「ちくしょう。そうと知っていたらあの連中を逃すんじゃなかった」

次助が悔しがった。

「おい、佐平次」

伊十郎が顔を寄せた。

「その五人組を捕まえれば、また佐平次の評判が上がるぜ」

佐平次の評判より、また奉行所内での伊十郎の評価が高くなるということだ。伊十郎が自分のことしか考えていないことはよくわかっている。

「しかし、口で言うほど簡単なことじゃありませんぜ。第一、岩淵って旗本に会っても何も答えちゃくれないでしょう。手掛かりなんて何一つ摑めやしませんぜ」

「だが、おめえたちは一味を見ているんだ」

「見たと言っても、頭巾で顔を隠していたんですぜ」

「見たことに変わりはねえ」

「旦那」

佐助は抗議をするようにまくし立てた。

「奴ら、堂々としてやがった。大胆不敵な奴らだ。それだけ腕に自信があるってことですぜ。旗本屋敷にだって腕の立つ家来がいたはず。そういう連中が手出し出来なかったってことは生半可な腕前じゃやねえ」

「それがどうしたってんだ？」

「あっしらの手に負えねえってことですよ」

伊十郎がぐっと睨み据えた。

「面白えことを言ってくれるじゃねえか」

伊十郎の顔がだんだん紅潮してきた。

「腕が立つ、立たねえの問題じゃねえな。ようするにやる気の問題だ。つまり、おめえたちはやる気がねえと言いたいんだな」

「いや、そういうわけじゃねえ。ただ、あの岩淵って旗本屋敷の者に会ってもほんとうのことを話してくれるとは思えねえし、手掛かりも摑めねえ。それに相手は支配違いの旗本……」

「やい、佐平次」

伊十郎のこめかみが細かく震えたのを見て、佐助は肩をすくめた。

「佐平次は何のためにあるんだ」

「そりゃ、江戸市民の安全と……」

「ばか野郎。そんなものは二の次だ。もっと大事なことがあるだろう」

「へえ、岡っ引きの評判を上げることで」

「そうだ。おめえたちの役目は嫌われ者の岡っ引きに対する世間の見方を変えさせることだ。そのために佐平次が誕生したんだ」

「へえ、わかっていやす」

「だから、たとえどんな相手でも果敢に向かっていかなきゃならねえんだ。たとえ、命を落としたとしても何もしないよりもはるかにいいんだ」

「待ってくだせえ。命を落とすなんて」

「やい、佐助。平助も次助もよくきけよ。三人で美人局を働いていたことを忘れたわけじゃあるまいな。ほんとうだったら、おめえたちは死罪になるところだったんだ。それを助けてやったのは誰だ」

また始まりやがったと、佐助はうんざりした。こうやって威《おど》して佐平次を捕物に仕向けるのは伊十郎の常套《じょうとう》手段だ。こうなったら、怒りをやり過ごすしかない。佐助は殊勝な素振りで俯きながら頭の上を通過する伊十郎の文句を聞き流した。

「やりたくねえならやらなくたっていいんだぜ。まあ、兄弟仲良く、首を落されるのもいいかもしれねえな。いや、三人揃ってというわけにはいかねえな。首謀者の平助は引廻しの上に獄門。いや、佐助も引廻しになるか」

伊十郎はいたぶるのを楽しんでいるようだ。だが、佐助の心は葭《よし》町の芸者小《こ》染《そめ》に向いていた。

小染は一番の売れっ子である。勝気な性格で、男嫌いで通っているが、佐助には熱い情熱を向けてくる。いや、佐助にではない。佐平次だ。

役者顔負けの美貌にだけ、小染が惚《ほ》れたわけではない。男気があって、強くて、才知がある。そういうことに惚れているのだ。つまり、佐助にはないもの、佐助が佐平次として演じているものに小染は惚れている。

もし、小染が佐平次の本性を知ったら落胆するだろう。

「おい、佐助。何とか言ったらどうだ」

自分の名を呼ばれ、佐助は飛び上がった。伊十郎の話を聞いていなかったので、何と答えてよいかわからない。

「旦那。わかっていやすよ。やりますよ」

平助が助け船を出すように口を入れた。

「でも、間宮さまの件は？」

佐助はおそるおそるきいた。

「そっちは適当にやればいい」

冗談ではない。うまく事を運べばまとまった礼金が貰えるのだ。町の衆から金を受け取ってはならないというので、一切袖の下を貰ってはいない。だが、武士から貰うなとは聞いてはいない。伊十郎から貰う手当ては僅《わず》かなのだから、この謝礼金は大きい。

「まあ片手間にやれるだろう。よし、話はついた。ただし、この件は誰にも言っちゃならねえ。特に、長蔵《ちょうぞう》たちには気づかれるな」

長蔵は南町奉行所の同心押田敬四郎《おしだけいしろう》から手札を貰っている岡っ引きだ。何かと佐平次と張り合っている。もっとも、伊十郎と押田敬四郎が対立しているせいもあるが、そればかりではない。

佐平次の登場によって、長蔵は大きな不利益を被っているのだ。長蔵は評判の悪い典型的な岡っ引きなのだ。

堅気の衆の弱みを握ってのゆすりたかり、お上の御用を笠に着ての傍若無人な振る舞いは町中の嫌われ者だ。

ようするに、佐平次は長蔵のような岡っ引きに対抗するべく誕生した親分なのだ。佐平次の登場によってうまみを失った長蔵の佐平次への敵愾心《てきがいしん》は人一倍強い。

「さてと出かけるとするか」

伊十郎は何ごともなかったかのように涼しい顔で立ち上がった。

「ちっ」

次助が吐き捨てた。

「うん？」

伊十郎は振り向いて睨んだ。

あわてて次助が咳《せ》き込んだ真似をしてごまかす。

口許に冷笑を浮かべ、伊十郎は奥に去って行った。

「やっちゃいられねえぜ」

次助がぼやく。

「兄い、どうするんだ」

佐助が気乗りしないようにきく。

「やるしかねえだろう」

「おけいのほうはどうするんだ？」

「それもやるしかねえ」

平助は無表情で答えた。

四

朝から降っていた雨は夕方に止《や》んだ。

草木の匂いが強い。田之助は今夜も入谷にやって来た。

用心棒の浪人に襲われた辺りを過ぎ、欅《けやき》の暗がりに身を隠した。

あの夜から五日。田之助は佐太郎がやって来るのを待ち伏せていた。昼間、この界隈をまわってみると、妾宅《しょうたく》のような小粋《こいき》な家が幾つかあった。そのどこかに入ったはずで、それとなく探って見当をつけた家があった。黒板塀の家だ。

犬の遠吠《とおぼ》えと按摩《あんま》の鳴らす笛の音が寂しそうに夜空に響いた。

提灯《ちょうちん》の灯が揺れて近づいて来る。田之助はそっと顔を出した。

二つの影。間違いない。佐太郎と用心棒の浪人だ。佐太郎がやって来るのを確認してから、田之助はさっき見当をつけた家まで戻った。

黒板塀の家の格子戸を見通せる暗がりに身を潜めた。

ゆっくり提灯の灯が近づいて来た。

用心棒は引き上げたらしく、佐太郎ひとりだった。見当が当たった。案の定、黒板塀の家に入って行った。格子戸の閉まる音を聞いたが、田之助はしばらくその場にじっとしていた。どこぞで用心棒が目を光らせていないとも限らないからだ。

辺りに目を配り、ひとの気配のないのを確かめてから動いた。家の裏側に松の樹がある。身軽に枝にぶらさがり、足を振って枝に蹴《け》り上がった。

黒板塀の内側に音もなく下り立った。庭に面した座敷の雨戸は閉まっている。

田之助は縁の下にもぐり込んだ。奥へ這《は》って行くと、微《かす》かに話し声が聞こえてきた。男と女の声だ。

「向こうの動きはまだか」

「ええ、まだ。でも、すっかりうろたえていたから、そのうちに何か言ってくるでしょう。たぶん、誰かを使って、調べさせているのでしょうけど」

「まあ、そのうち、もう一度顔を出してみるのもいいかもしれないな」

佐太郎の声に続いて女の声。そして、含み笑い。

「しかし、おけいは……」

「旦那。あたしを捨てちゃいやですよ」

急に女の声の調子が変わった。

「そんなことするものか」

「嘘じゃないね。だって、あたしはこんな年増だから」

「歳《とし》なんて関係ない。私はおまえのこの熟れた体がたまらないのさ」

「あれっ、いきなり何をするのさ」

甘ったるい声が、やがて喘《あえ》ぎ声に変わった。

縁の下から出て、匕首《あいくち》の刃先で雨戸を外し、縁側に上がり、奥に向かった。奥の部屋の襖を僅かに開き、中を覗く。絡み合った裸身が見えた。佐太郎が女を膝の上に抱いている。女の顔は佐太郎の顔に隠れて見えないが、豊満な肉体の女だ。

どうだ、佐太郎のこの変わりようは……。田之助は信じられなかった。

昔の佐太郎はどこか気弱そうなところがあり、同じ年なのに、俺のほうが兄貴ぶんのようだった。十年前、俺の前で泣いた男が、今は女房を顧みず、妾《めかけ》に夢中になっている。

田之助は廊下を戻り、庭に出て、雨戸を元通りにして、再び黒板塀を乗り越えた。

佐太郎は千代を放《ほ》ったらかしにして、あの年増にぞっこんらしい。

帰り道、佐太郎に裏切られたという思いに胸をかきむしりたくなっていた。何のために、俺は江戸を捨てたのだ。そのことが無駄になったという虚《むな》しさが、ますます佐太郎への怒りを増した。

なんとかしたいが、田之助には今やらねばならないことがあった。そのために江戸に舞い戻ったのだ。

翌日も、田之助は煙草の入った荷箱を背負い行商に出かけた。むろん、商売ではない。駒次郎《こまじろう》を探しているのだ。

江戸に潜伏《や》しているのは間違いないが、未だに見つけ出せない。

駒次郎を殺る。それが、田之助の江戸にやって来た目的だった。駒次郎はおかしらを殺し、妾の小夜《さよ》を連れて出奔した。一年前のことだ。江戸に行ったことはわかっていた。駒次郎と小夜を殺るのだ。おかしらの無念を晴らすのは俺の役目だと田之助は心に決めていた。

駒次郎を求めて、きょうは根岸まで足を伸ばした。寮などのある界隈に、駒次郎たちの隠れ家があるのではないかと睨んでのことだ。

駒次郎はおかしらの妾だった小夜の他に、久八《きゅうはち》と伝助《でんすけ》という男を連れて行った。その他にも若い男ふたりが手下に加わっているから全部で六名だ。六名が身をひそめられる場所、そして駒次郎の好みなどから風光明媚《めいび》な所だと見当をつけたのだが、どうやら当てが外れたかもしれない。

もともと、駒次郎は江戸の人間だ。江戸で身を寄せる場所を見つけるのはたやすいことなのだ。

もう一つ当てが外れたのは、駒次郎の仕業らしき盗賊の噂がないことだ。駒次郎は江戸で必ず盗みを働く。これは間違いないと思っている。にも拘わらず、その噂を聞かないのだ。

いや、そんなはずはない。あの男がじっとしていられるわけがない。それに手下を養っていかなければならない身だ。いつか、何かやるはずだ。

そんなことを考えながら根岸から入谷に差しかかったとき、ふと例の家を思い出した。佐太郎の妾の家だ。

女の顔を見ておこうと思い、目印の大きな樹木の角を曲がった。

例の妾宅の前にやって来た。行き過ぎてから、荷を下ろしてしゃがんだ。

格子戸が開いた。荷を直す振りをしながら横目で眺めると、鮫小紋《さめこもん》の年増女が出て来た。はて、佐太郎より年上というからには三十半ば、あるいはもう少し上のはず。が、見た目には三十前にしか見えない。

風呂敷包を抱えて、女は下駄を鳴らして去って行く。田之助は荷を背負って、女のあとをつけた。

女は上野山下への道ではなく、浅草方面に向かった。が、幡随院《ばんずいいん》の角を曲がり、新寺町へと向かった。

女が向かったのは浅草六軒町だった。長屋の路地木戸に入って行った。誰を訪ねたのか。相手を知ろうとして、長屋の路地に足を踏み入れた。

井戸で長屋の女房が水を汲《く》んでいた。

「すいやせん。今、ここに女のひとがやって来たはずですが」

田之助は声をかけた。

「ああ、おけいちゃんのとこに行ったわさ」

「おけいさんですか」

ゆうべ、ふたりの口から出た名前だ。

「おまえさんは?」

「へえ。あっしは天津屋さんに出入りさせていただいている煙草屋でございます」

とっさに天津屋の名を出したのだが、この女にはぴんとこないようだった。

「で、おけいちゃんはどの家に？」

「おまえさんは、おけいちゃんに何か売りつけるつもりかね」

女房は不審を持ったようだ。

「どうやら人違いをしたようです」

田之助は言い繕って長屋を出た。

あの年増の女とおけいはどういう関係なのか。縁の下で聞いた会話も意味ありげだった。

「向こうの動きはまだか」

「ええ、まだ。でも、すっかりうろたえていたから、そのうちに何か言ってくるでしょう。たぶん、誰かを使って、調べさせているのでしょうけど」

「まあ、そのうち、もう一度顔を出してみるのもいいかもしれないな」

佐太郎とあの年増はおけいを使って何かしようとしているとしか考えられない。

何を企んでいるのか。確かに、天津屋の身代《しんだい》は膨れ上がった。だが、評判はよくない。

ふと千代の顔が過《よぎ》り、そして、先代の立右衛門の顔になった。田之助の胸に抉《えぐ》られたような痛みが走った。

（佐太郎のために身を引いたってのに、何ってこった）

俺のこの十年は何だったのだと、またも怒りが後悔と共に込み上げてきて、田之助は胸をかきむしった。

五

旗本岩淵又右衛門の屋敷を見通せる場所でしばらく佇《たたず》んでいたが、閉じられた門が開くことはなかった。

出入りの商人でもやって来れば、つかまえて内部の様子を訊ねてみるのだが、屋敷は静まり返っている。

近くの辻番屋でそれとなく聞き出したところによると、岩淵又右衛門は四百石取りで五十三歳。奥方と嫡子と嫁。それに用人、若党、中間。

これだけの人数がいながら、太刀《たち》打ち出来なかったのだ。いかに、五人組の腕が立つかがわかる。

もちろん、辻番屋は岩淵家で起こったことを一切知らない。

「まあ、きょうはこれまでだ。今度はおけいのほうを当たってみよう」

本音をいえば、おけいのほうを片づけたほうが金になるのだ。被害者が黙しているので犯人の手掛かりは摑めない。それに凄腕《すごうで》の犯人たちと対決するより、女の過去を調べるだけで金になったほうがはるかにいい。

佐助の心の内では、おけいの調査が本命で、五人組の探索のほうが片手間だった。

御徒町《おかちまち》を過ぎ、武家屋敷の一帯を抜けて、御成《おなり》街道を越え、明神下にやって来た。

神田明神の賑わいの中を、目に入った料理屋に飛び込んで訊ねたが、お品の働いていた『花川』という料理屋はとうになくなっていて、今はその跡は土産物屋や水茶屋などになっていた。

当時を知る者は見つけたが、働いていた女中までを覚えている者はいなかった。

なんでも花川の主人が博打《ばくち》で借財をこしらえ、店を手放したのだという。亭主も女将の行方もわからないという。

仕方なく、明神下から神田旅籠町へ足を向けた。

ここに間宮庄右衛門が昔通っていたという浄瑠璃の師匠の家があった。自身番に入って、詰めている者に訊ねると、

「へえ。先代の師匠は数年前に亡くなりやしたが、今は内弟子だった文字常《もじつね》さんが看板を出しております」

と、年配の家主が答えた。

「内弟子って言うと、相当以前からいたひとなんだね」

「そうですな。二十年以上は先代といっしょに暮らしていました。先代は子どもがいなかったので、文字常さんをそりゃ頼りにしておりました。文字常さんも先代を実の親のように面倒を見ておいででした」

「すまなかった」

佐助は自身番から文字常の家に向かった。

横丁を曲がってすぐのところに黒板塀の二階家があった。格子戸の横に常磐津《ときわず》指南の看板。

格子戸に手をかけると、中から三味線の音が聞こえてきた。

例によって次助を外に待たせ、佐助と平助が土間に入って、

「ごめん」

と、声をかけた。

すぐ横の小部屋から婆《ばあ》さんがしわくちゃの顔を出した。

「長谷川町の佐平次というもんだ」

「まあ、佐平次親分で」

「師匠に聞きてえことがあって来たんだが、取り込み中のようだな」

土間に草履が三足あった。というのは弟子が三人来ているということだろう。これじゃ、ちと時間がかかる。

「出直すにしても何時《いつ》がいいか、聞いちゃくれまいか」

「よござんすとも。ちょっとお待ちを」

婆さんは見た目よりも達者で、ひょいと立ち上がって稽古をしている部屋に向かった。

一瞬だけ三味線の音が止んで、またすぐ聞こえてきた。

婆さんが戻って来た。

「親分さん。あいすいません。あと半刻（一時間）ほど待っていただきたいとのこと」

「そうかえ。わかった。じゃあ、半刻後に出直すと師匠に伝えておいてくれ」

佐助は外に出た。

次助が近所で遊んでいる子どもたちを眺めていた。巨軀で、鬼瓦《おにがわら》のような顔をしているのに次助は子どもたちに人気があった。次助が子ども好きだからだろう。

「佐助」

次助が子どもたちを見ながら言った。

「あの子たちを見ていると、昔の俺たちを思い出さねえか」

子どもたちが三人で遊んでいる。傍らで小犬がじゃれついていた。

遠い日の風を浴びたように、佐助も妙に甘酸っぱいものが胸に広がった。

平助と次助とは実際には血の繫《つな》がりはない。佐助の母は平助と次助の父親の後妻なのだ。

平助と次助は実の弟のように佐助を可愛《かわい》がってくれた。川に遊びに行くときも、虫を捕まえに行くときも常にいっしょだった。悪ガキに泣かされると、次助はすぐに仇《かたき》をとりに行ってくれた。

遊んでいる幼い子どもたちを見て遠い日を思い出している佐助に四月の暖かい風が吹いていた。

神田川の辺で暇をつぶし、もう一度、神田旅籠町に戻った。

文字常の家を訪ねると、土間に履物がなくなっていた。弟子は皆引き上げたらしい。

佐助と平助が稽古場でもある居間に行くと、長火鉢の横に見台が置いてあって、そこに年増だが首が長く、うりざね顔の女が茶を呑んでいた。

「親分、ようこそ」

湯呑みを置き、文字常がなれなれしく笑った。笑うと両頬にえくぼが出来た。

「おやっ。会ったことはあったかな」

「いえ」

「そうだろう。会っていりゃ、こんな色っぽい師匠を忘れるはずはねえ」

「まあ、親分。お口のうまいこと」

隣で無表情で座っている平助を横目に気にしながら、文字常が口に手を当てて笑った。

「で、親分。どんな御用で。まさか、浄瑠璃を習おうってんじゃありませんよね」

「残念だが、あっしはそういったのはまったくだめだ」

「そうですかえ。来てくだされば、みっちり教えてさし上げますよ」

文字常がちょっとしなを作った。

「まあ、考えておこう。じつは、先代の師匠の弟子だったお品という女のことを聞きたいんだ」

「お品さんですかえ」

「おまえさんは内弟子だったそうじゃねえか」

「ええ。明神下の料理屋で働いていたというお品さんのことかしら」

「そうだ。そのお品だ」

「でも、もう二十年近く、そう十七、八年も前のことですよ。あたしがまだ十そこそこの頃でしたから」

「その頃、お品と仲のよかった弟子のことを覚えちゃいないかえ」

「さあ」

十そこそこの歳の頃で何を見ていたか、期待するのは無理かもしれない。

「お弟子さんの中にはお侍さんもいたんじゃなかったかえ」

「いました。そうそう、立派なお武家さまもいらっしゃいました。そのお武家さんとお品さんはよくいっしょに帰ったりしていました」

「お武家の名前は覚えちゃいないか」

文字常は首を横に振った。

「確か、間宮庄一郎《しょういちろう》というお侍がいたと思うが」

庄右衛門が家督を継ぐ前の名前だ。

「間宮さま……」

文字常は童女のような表情になった。遠い記憶をまさぐっているようだ。

「ええ、思い出しましたよ。とても気さくなお侍さんで、私にもときたまお土産を買って来てくれたりしました」

文字常は懐かしむように目を細めた。

「そのお侍さん以外に、お品さんには親しい男はいなかったろうか」

「さあ、わかりません」

そう答えたあとで、文字常があっと小さな声を上げた。

「師匠、どんなことでもいい。教えちゃくれまいか」

「今、思い出したんですけど、一度お品さんが別の男のひとといっしょに歩いているのを見たことがあります」

「どんな男だったね」

「知らないひとです。顔や背格好など覚えちゃいませんけど」

「うむ。昔のことだ。無理はねえな。歳の頃もわからねえだろうな」

「間宮さまぐらいの年格好に思えました」

「すると三十前後か。で、どんな感じだったかもわからねえか。親しそうだったかとか」

「楽しそうじゃなかったという記憶があるけど。お品さんは俯いていたし、男のひともぶすっとしていたようでした。そうそう、だから記憶に残ったんですわ」

「見かけた場所は覚えているかえ」

「はい。不忍池の近く。池のほうからやって来たんじゃなかったかしら」

池の辺には出合茶屋が多い。

「何時頃だね」

「買い物の帰りだったから夕方になっていたと思いますよ」

たった一度だけ見かけただけのことでふたりの関係を推し量ることは出来ないが、なんとなく意味ありげな様子だ。出合茶屋から出て来たところかもしれない。

「そうそう、だんだん思い出してきたわ。それから、しばらくしてお品さんは稽古に来なくなったんです。間宮さまが探していましたからね」

お品が姿を晦《くら》ましたのは、やはり身籠もったからだろう。

「お品が来なくなったあと、お品の噂を聞いたことはあるかえ。お稽古で噂話に出たとか。どこかで見かけたとか」

「いいえ。私は聞いちゃいません」

佐助は平助に顔を向け、

「平助。おめえも何かきいておきてえことはねえか」

と、親分らしい貫禄で声をかけた。

「へい。じゃあ、師匠に一つだけ」

平助は身を乗り出すようにして、

「お品さんが来なくなったのは勝手にやめていったんですかえ、それとも先代の師匠に挨拶があったんですかえ」

「ちゃんと挨拶をしていかれたようです」

「もう一つ、お品さんといっしょだった男はどんな印象を持ちましたかえ。職人ふうだったか、遊び人ふうだったか」

「羽織を着ていたかしら。羽織を着て、落ち着いた感じのひとだったように思うけど」

そのとき格子戸が開いた。弟子がやって来たらしい。

平助が目顔でもういいと言った。

「師匠、邪魔をしたな」

「親分。今度、ゆっくり遊びに来てくださいな」

「ああ、寄せてもらうぜ」

調子のよい返事をして、佐助は文字常の家を出た。

陽《ひ》が傾き、影がだいぶ長くなっていた。

「文字常の見た男。問題はこの男だな」

佐助が言うと、次助が焦った顔で、

「どういうことだったんだ。俺にも教えろ」

と、急かした。

再び神田川に出て、周囲にひとのいない場所に来てから、佐助は文字常とのやりとりを説明した。

「なるほど。その男だな」

次助も同じ感想を述べた。

「だが、おけいの父親かどうかはまだわからねえ」

平助が冷静に言った。

「でも、兄い。その男をおけいの父親にしてしまえば、間宮さまも助かるし、俺たちも礼金を貰える」

次助が言うと、平助は冷たく言った。

「その男を見つけなくちゃ、どうしようもねえ」

「見つかるだろうか」

佐助が不安そうな声で言う。

「料理屋の客だった可能性があるな。明日こそ、料理屋の元の奉公人を探すんだ。おけいに会うのはそのあとだ」

「わかった」

佐助は元気に応じた。

例の五人組を相手にするより、こういう仕事なら危険を伴わないので気が楽だ。が、平助がさっさと歩き出したので、

「あれ、兄い。どこへ行くんだ」

「もう一度、岩淵の屋敷に行ってみるんだ」

「えっ」

「井原の旦那に叱られねえようにな」

平助は真面目な顔で答えた。

六

霧がかかっている。永代橋《えいたいばし》の際に夜鷹《よたか》蕎麦屋の提灯の灯が仄《ほの》かに浮かんでいる。

田之助がつけているのにまったく気づいていない。男は頬被りをして、柳の木の陰に身を潜めた。懐に匕首を呑んでいる。

田之助は少し離れた暗がりに身を潜め、男の様子を窺っていた。

田之助がその男に気づいたのは三日ほど前だ。天津屋の前を張り、主人の佐太郎が出て来るとあとをつけた。

次の日も、その男は佐太郎の外出を待ってつけた。佐太郎の行動を調べているのだと気づいた。

そして、きょう。男は血走った目をしていた。佐太郎を襲う気なのだ。男は仲買人の仁兵衛の伜だ。

霧の中の永代橋から声が近づいて来た。やがて、職人ふうの男が現れ、再び霧に紛れて行った。

静寂が訪れた。少し、霧が薄らぎ、微かに永代橋が見えてきた。

もう来る頃だ。田之助は徐々に緊張感に包まれてきた。

天津屋立右衛門こと佐太郎は今夜、寄合のために深川の料理屋に出かけていた。帰り、この道を通ることを調べ上げて待ち伏せし、仲買人仁兵衛の倅はここで佐太郎を襲うつもりなのだ。

田之助はどうするかまだ決心がつきかねていた。仁兵衛の倅に怨《うら》みを晴らさせてやりたい。それに、佐太郎が死んだほうが千代のためにもいいだろう。いや、それだけではない。田之助のほうが佐太郎を殺してやりたいくらいなのだ。

駒次郎を探すという目的がなければ仁兵衛の倅といっしょになって佐太郎を殺《あや》めてしまいたい気持だった。もっとも、それによって天津屋がどうなるか、千代の運命がどうなるのかを知らないうちに迂闊《うかつ》な真似は出来なかった。

この十年で、佐太郎も変わったが、俺ほど変貌を遂げた男はいないかもしれない。そう思っていると、永代橋に向かって駕籠が近づいて来た。提灯に丸に赤で書かれた松という字。『赤松屋』の駕籠だ。

田之助はまだ自分がどうするか決心がつきかねていた。

駕籠が近づいて来た。

突然、駕籠の前に仁兵衛の倅が飛び出したのが霧の中におぼろげに見えた。

「なんでえ」

前かきの男が足を踏ん張って怒鳴った。

「中の男に用がある。どけ」

「なんだと」

駕籠を下ろし、後かきの男も前に出て来た。

仁兵衛の伜は度胸があった。匕首を振り回すと、駕籠かきの法被《はっぴ》の紐《ひも》が切れた。案外と、駕籠かきのほうは情けなかった。ひぇえと叫び声を発して駕籠屋ふたりは逃げ出した。

駕籠から男がゆっくり出て来た。

「わたしを天津屋立右衛門と知ってのことかね」

佐太郎の声が震えを帯びている。

「そうだ。てめえのような奴は死んだほうが世のためだ。覚悟しやがれ」

伜が匕首を振りかざしたとき、走って現れた黒い影がその手を摑んでひねり上げた。ぎぇっと叫んで、伜は匕首を落した。

用心棒の浪人だ。少し離れてついて来たのか。田之助は固唾《かたず》を呑んで成り行きを見守った。用心棒はすかさず伜の頰被りをはぎとった。

「おまえは仁助《じんすけ》か」

仁兵衛の伜は仁助という名かと思いながら、田之助は素早く手拭《てぬぐ》いを取り出した。

「ちくしょう。殺しやがれ」

仁助が開き直った。

「お望みとあらばそうしよう」

佐太郎が浪人に何か言った。

浪人が剣を抜いたのがわかった。

田之助は手拭いで頬被りをするや、匕首を抜いて飛び出した。

気配に気づいた浪人が振り返り、剣を上段から振りかざした。田之助は素早く浪人の懐に飛び込み、体当たりをするように匕首を浪人の腹部に突き刺した。

すぐに浪人を突き放す。よろけるように後退《あとずさ》った浪人は信じられないような顔を向けたままうずくまった。

佐太郎が茫然《ぼうぜん》と立ち竦んでいる。

「おい、逃げるんだ」

腰を抜かしている仁助の腕をとって起き上がらせ、田之助は霧の中を油堀のほうに向かって走った。

途中、何人かとすれ違ったが、霧がうまく隠してくれた。

油堀にかかる中の橋を越え、仙台堀までやって来た。

「もう、だめだ。走れねえ」

仁助の息が上がっていた。

「ここまで来ればだいじょうぶだ」

まだ霧がかかっている。ふたりは川っぷちまで下りた。

田之助は川の水で手や着物についた血を洗い流した。

「どうして、俺を助けてくれたんだ?」

仁助が背中から声をかけた。

「前にも言ったろう。俺は仁兵衛さんにはよくしてもらったんだ」

　立ち上がり、手拭いで手を拭《ふ》きながら、田之助は振り返った。

「えっ？　あっ、おまえさんはあんときの煙草売り」

「覚えていてくれたかえ。天津屋を殺ってからどうするつもりだったんだ？」

「青梅《おうめ》の紙漉《す》きの職人の所に行くつもりだった」

　仁助は疲れたように川の縁でしゃがみ込んだ。

「そうか。とりあえず、江戸を離れたほうがいい。今度は天津屋のほうがおめえを狙うかもしれねえ。ほとぼりの冷めるまでよその土地に行っているんだ」

「冗談じゃねえ。天津屋をまだ殺っちゃいねえんだ。このまま行けるか」

「紙漉きの職人が人殺しを匿《かくま》ってくれると思っているのか。おそらく、仁兵衛さんに世話になった職人だろうが、人殺しを匿ったら同罪だ。たとえ、匿ってくれたとしても、仁兵衛さんと懇意にしていたひとを、そんな危険に遭わせちまっていいのか」

　仁助から返事はない。

「今ならだいじょうぶだ。仁助さんは何もしちゃいねえ。あの浪人をやったのは俺なんだ。わかったかえ」

「あんたの言うとおりだ」

　仁助は力なく頷いた。

「じゃあ、すぐに支度して明日の朝早く発《た》て」

「おまえさんは？」

「俺はまだ江戸でやらなきゃならねえことがある。場合によっては天津屋も殺らねばならないかもしれねえ」

「そうか、やっぱし、おまえさんも天津屋には何かあるんだな」

「そういうことだ」

「わかった」

仁助は立ち上がった。

「もう天津屋のことは忘れ、一から出直すんだぜ。天津屋を殺ったって、あの世の仁兵衛さんはちっとも喜びやしねえ。それよりか、おまえさんが何とか身の立つようになることだ」

「すまねえ。この通りだ」

仁助は頭を下げた。

「じゃあ、達者でな」

土手に上がったところで、田之助は仁助と別れた。

田之助は用心深く周囲に注意を払いながら永代橋に戻った。佐太郎や浪人の姿はなかった。駕籠もないところをみると、駕籠かきが戻って来て、怪我《けが》をした浪人を運んだのかもしれない。

浪人の傷は致命傷ではないはずだが、しばらく動けないだろう。だが、安心は出来ない。

佐太郎がどういう手を打って出てくるか。

ただ、突然飛び出した男がまさか俺だとは思いもしていないはずだ。仁助が江戸を離れれば、俺のことはわからないだろう。

安堵《あんど》して、田之助は仲町へと向かった。

だいぶ薄らいだがまだ靄がかかっていて、弦歌の巷《ちまた》にそぞろ歩きの遊客たちの姿を隠していた。

田之助は櫓下《やぐらした》の『紅屋』という娼家《しょうか》に上がった。高級な娼家は子供屋から娼婦を呼び寄せるが、この紅屋は娼婦を抱えている。

誰でもいいと告げて、二階座敷に上がった。部屋で酒を呑んで待っていると、色の浅黒い娼妓がやって来た。

染太郎《そめたろう》と名乗った。二十二、三ってところか。はだけた胸元に黒子《ほくろ》があった。

「どうぞ」

染太郎の酌を受けると、外が騒がしい。ひょっとして、佐太郎の手の者が一帯を探し回っているのかと思ったが、考え過ぎのようだ。

「何かあったのかしら」

染太郎が立ち上がった。

「いいさ。どうせ関係ない」

田之助は引き止めたが、染太郎は障子を開けて外を眺めた。

「酔っぱらいの喧嘩」

　つまらなそうに障子を閉めて、こっちへやって来た。

「さあ、いっぱい」

　田之助が酒を勧めた。

「いえ、あたしが」

「そうかえ。すまねえな」

「お兄さん、名前を教えて」

　酌をしながら、染太郎がきく。

「俺は田之助だ」

　ほんとうの名を名乗った。

「おめえ、どこの生まれだ？」

「上州よ」

「ほう上州か」

　女の身元など興味もない。ただ、言葉の接《つ》ぎ穂にきいたのだが、上州と聞いてたちまち苦いものが胸の底から湧き起こった。

　江戸を離れてから落ち延びた先が上州だった。そこで、出会ったのが七化けの半蔵《はんぞう》という盗人《ぬすっと》だった。

　食いっぱぐれた田之助は半蔵の手下になった。半蔵は小夜という若い女と暮らしていた。

半蔵は元武士らしく、半蔵から剣術を学んだ。半蔵の手下で剣の腕が優れていたのが駒次郎だった。

駒次郎は最終的には半蔵の腕を越えていたようだ。

半蔵一味に加わり、田之助は自分がすっかり変わったことを知った。

「何を考えているんだい?」

染太郎の声に、田之助は我に返った。

「なんでもねえ」

「そろそろ」

染太郎が気だるそうに隣の部屋に立ち上がった。薄いふとんがしかれてある。

褌《ふんどし》一つになって、ふとんの中で待つ。染太郎が着物を行灯《あんどん》にかけ、薄い襦袢《ジュバン》のまま、田之助の横にもぐり込んできた。

染太郎におおいかぶさる。

「血の匂い」

ふいに、染太郎が呟いた。

「なに」

「何でもない」

だが、田之助はまじまじと上から染太郎の顔を見つめた。俺がひとを刺したのがわかるのかと、女の顔を問い詰めるように見た。

「いや、そんな怖い顔しちゃ」

染太郎が下から怯《おび》えた目で見ていた。

第二章　再会

一

旗本堂本数右衛門《どうもとかずえもん》の中間《ちゅうげん》の八助《はちすけ》は尿意を催し、内職の草鞋《わらじ》作りの手を休めて厠《かわや》に立った。中間は武家の奉公人の中で一番低く、給金も僅《わず》かで貧しいので、内職をしなくてはならない。

用を足してからすぐには中間部屋に戻らず、庭に出てしばし半分に満たない月が妙に冴えた光を放っている中に佇《たたず》んでいた。

五つ半（九時）を過ぎた頃か。

八助が市ヶ谷にある堂本家に奉公に上がって三年になる。いわゆる渡り中間だが、主人の数右衛門に気にいられてずっとここで働いている。数右衛門は穏やかな人柄で、はがゆいくらいのお人好しのところがあった。

あくびをして、部屋に戻った。再び、内職を始めたとき、戸を叩《たた》く音を聞いた。

「火急の御用でござる」

落ち着いた声がした。

火急とはいえ、こんな遅い時間に訪問する客とはどんな人間なのかと不審に思い、そっと窓から外を覗《のぞ》いてみた。

門前の暗がりに立っているのは侍らしい。ひとりではない。その瞬間、他の屋敷の中間仲間から聞いた話を思い出した。

武家屋敷を襲う盗賊のことだ。これまでに何度か旗本屋敷が襲われたらしい。門番はそのことを知っているのだろうか。

戸の開く音と門番の悲鳴が聞こえた。

八助はすぐ灯を消し、部屋を飛び出した。以前は中間も何人かいたが、経費節減のために奉公人の数を減らしており、中間は八助ひとりだ。

八助は塀沿いの植込みに身を隠した。羽織に袴《はかま》をつけた黒頭巾の武士が抜き身を下げて入って来た。全部で五人。

ふたりが門の横にある奉公人の部屋を探っている。あとの三人は玄関に向かった。門番はどうしたのか。殺されたのか。

「いないぞ」

その声に、八助は身を竦《すく》めた。

八助は庭をまわった。松の樹から塀に飛び乗り、外に出られる場所を知っている。そこに向かって腰を屈《かが》め、用心深く走った。

今屋敷にいるのは主人夫婦に娘、それに若党。なにしろ、人数を減らしているのだ。今時の下級旗本はどの屋敷でも格式通りに家来を抱えている家はない。

八助は松の枝に手をかけて塀によじ登り、ほうほうの体《てい》で外に飛び下りると、すぐに隣の屋敷まで走った。

隣も同じ四百石の旗本である。息せき切ってようやく隣家の門前に辿《たど》りつくと、八助は戸をどんどんと叩き、

「隣の堂本家の者でございます。ご助勢をお願いいたします。どうぞ、門をお開けくださいませ」

八助は懸命に訴えた。

門番所の物見窓から門番が顔を覗かせた。

「お願いでございます。我がお屋敷に強盗が押し入りましてございます。手薄につき、どうぞご助勢賜りたくお願い申し上げます」

あたふたと潜《くぐ》り戸が開いた。

「強盗とな。よし、待っておれ」

門番がどこかに走って行った。用人に注進に及んだのだろう。この間にも主家《しゅか》が危うい。焦った。

やがて、門番が戻って来た。先程の勢いがない。

「主人臥《ふ》せっており、取り次ぐことが出来ぬ。我が家も手薄ゆえいかんともしがたい。すまぬが、他を当たってはくれまいか」

「そんな」

八助は声を失った。

八助はさらに隣の屋敷まで走った。

同じ返事だった。ただ、違うのは若党が出て来て、こう言った。

「今、旗本屋敷を専門に狙《ねら》う強盗であろう。手向かいせねば命まではとられないようだ。よいか。我等が出て行けば事は大きくなり、世間に知れてしまう。もし、賊を取り逃がしたりしたら御家の恥になるぞ。不運と思って諦《あきら》めることだ」

騒ぎ立てないほうがいいと、若党は言うのだ。

八助は絶望的になって踵《きびす》を返した。

前方に辻番所《つじばんしょ》の灯が見える。あそこに行って応援を頼もうと走って行くと、辻番が顔を向けた。その瞬間、さっきの若党の言葉が蘇《よみがえ》った。

御家の恥。そうだ、強盗に押し入られて何も出来なかったら武士として不名誉なことだ。それに、すでに盗賊が逃げたあとだったら……。

辻番小屋を目前にして動けなくなってしまった。辻番が不思議そうにこっちを見ている。

不審がられると思いながら、八助は引っ返した。

このとき、その辻番小屋に岡《おか》っ引《ぴ》きの長蔵がいた。長蔵は南町奉行所の押田敬四郎から手札を貰《もら》っている岡っ引きだ。

きのう窃盗を働いた男がこの界隈《かいわい》に逃げ込んだのをここの辻番が見ていたのだ。それで、ちょうど今そのことで話を聞き終えたときだった。

ここに向かって走ってきた中間ふうの男が途中で身を翻したのを不思議に思った。

「あれは確か堂本さまのところの中間だな。何かあったのかな」

辻番が訝《いぶか》しげに言った。

辻番に何か訴えようと走って来たが、途中で思い止《とど》まったという感じだった。

「そうですね。ちと、様子を窺《うかが》ってみやしょう」

武家のことでは町方の出る幕はないかもしれないが、長蔵の臭覚が何かをかぎとっていた。何か起こったのだと。こういうことを嗅《か》ぎつける能力に長蔵は長《た》けていた。

長蔵は足早に中間のあとを追った。

中間はまたも立ち止まっている。迷っているようだ。

「もし」

長蔵は近づいて声をかけた。

びくっとしたように、中間が振り向いた。怯《おび》えた顔をしている。

「どうしやした?」

「なんでもない」

中間はかぶりを振った。その動作がいかにも不審に満ちていた。

「あっしはお上《かみ》の御用を預かる長蔵って言いやす。最前のご様子から何かあったんじゃねえかと思ったのですが?」

蒼白《そうはく》の顔面を見つめ、何かたいへんなことが起こったのだと確信を強めた。

「な、なんでもない」

声が震えている。

「そうですかえ」

問い詰めても無駄だと思い、長蔵は一歩引いた。

中間はすぐに立ち去って行ったが、どこか放心状態の体だ。見過ごすことは出来ないと、長蔵はあとを追った。

「ひょっとしてお屋敷で何かあったのじゃござんせんか」

追いついて、長蔵が勘を働かせてきくと、中間は飛び上がった。

「違う。違う」

そう叫びながら、中間は足早になった。

少し間をおいてから、長蔵はあとをつけた。
四、五百石取りらしい格式の旗本屋敷が続いている。ふと、中間の足が止まった。長蔵はさっと暗がりに身を隠した。
中間もあわてて道の反対側の樹木の陰に走った。

目の前の屋敷の潜り戸から頭巾《ずきん》を被《かぶ》った羽織、袴の武士の一団が出て来た。全部で五人。そのうちのひとりは高貴な雰囲気の紫の頭巾だ。紋を見た。白地に黒い丸が三つ。はて、どこの家紋かと首をひねる。

五人は長蔵がやって来たのとは反対の道を悠然と去って行った。

五人が遠く去ってから、中間が樹木の陰から飛び出し、潜り戸に向かって一目散に駆け出した。

あの連中は何者だ。長蔵の脳が忙しく回転する。屋敷内に何があったのかを確かめるか。それとも五人のあとをつけるか。一瞬の判断で、長蔵は後者を選んだ。

すぐに五人のあとをつけた。旗本屋敷が続いている。奴らは落ち着いていた。武家屋敷の角を曲がり、坂道を下った。

やがて堀に出た。長蔵はおやっと思った。侍の影が四つしかない。もうひとりは……と思った瞬間、後ろから声がした。

「あとをつけてきてなんとする」

心臓が鷲摑《わしづか》みされたようになった。振り返ると、長身の侍が立っていた。

「い、いえ。あっしもこっちに用がありやして」

長蔵は足が竦んだ。

侍が刀の柄《つか》に手をかけた。

「ひぇ」

長蔵は悲鳴を上げた。

「命が惜しぃか」

「へ、へい」

「では、去れ」

長蔵はゆっくり足を動かした。背後に鋭い視線を感じるので、立ち止まるわけにはいかなかった。途中でおそるおそる振り返ると、侍の姿はなかった。

長蔵はさっきの場所まで引き返した。五人が消えた。ふと、櫓《ろ》の音を聞いた。長蔵は堀に向かった。

暗がりに船が去って行くのが見えた。

二

格子戸が乱暴に開かれる音を夢現《ゆめうつつ》で聞いた。耳元にどんどんと叩きつける音。どうやら、誰かが家の中に上がって来たのか。まだ、佐助は半睡状態だ。

ゆうべ、久しぶりに葭町の小染の家に行き、帰って来たのが遅かった。なにしろ、お座敷が終わってからの逢瀬《おうせ》であり、深夜に佐助は小染の家に忍んで行くのだ。

小染は売れっ子芸者だが、男嫌いで通っている。佐平次は女は厳禁だと、伊十郎から固く諌《いさ》められている。だから、お互いにひと目を忍ぶつきあいにならざるを得ないのだ。

「やい、いつまで寝てやがるんだ」

雷鳴が落ちたような大声に、佐助はいっぺんに目が覚めて飛び起きた。

「あっ、旦那《だんな》。こんな時間にどうしたっていうんでえ?」

「馬鹿野郎。何時だと思っていやがんだ。もうとっくにお天道様《てんとさま》は上がっていらあ。おい、次助も起きやがれ」

伊十郎は寝ている次助の背中を蹴飛《けと》ばした。

「痛っ。何しやがんだ」

がばっと起きた次助は伊十郎の顔を見て、ぎぇえっと奇妙な悲鳴を上げた。

おうめ婆《ばあ》さんの姿はない。朝食の支度が出来ていた。

「また、平助はどっかへ出かけているのか」

伊十郎が濡《ぬ》れ縁に出て小さな庭に目をやった。すると、庭の木戸を開けて、平助が戻って来た。

「兄い。どこへ行っていたんだ？」

最近、平助は朝早く起きてどこかへ出かけている。いったい何をしているのか気になっているが、平助は散歩だと言うだけだ。

平助が濡れ縁から上がって来て、

「旦那。何かあったんですかえ」

と、きいた。

「出たんだよ、ゆうべ」

「出た？　何が出たんです？」

佐助はふとんを片づける手を止めた。

「旗本屋敷を襲う強盗だ。それだけなら、こんなに騒ぎはしねえ。拙《まず》いことに、その現場に長蔵が出くわしたんだ」

「へえ、長蔵親分がねえ」

「そんな呑気《のんき》なことじゃねえ。長蔵は被害にあった屋敷に入り込んで、事情を聞き出しているのだ」

「えっ」

「えっ、じゃねえ。またも長蔵に先を越されちまったじゃねえか」

伊十郎はいらだたしげに吐き捨てた。

「助けを求めに走って来た中間と出会ったらしい。その中間を問い詰めて、五人組が押し入ったということが明らかになったってことだ」

「長蔵親分は悪運が強いからな。前も、ちょうどいい具合に事件と出くわしている」

伊十郎は腹立たしげに、

「おめえたちは五人組に出会ってながら何も出来なかった。だが、長蔵は被害にあった屋敷の中まで入り込んでるんだ。ちっ、押田敬四郎はいい手下をもったもんだ。うらやましいぜ」

伊十郎は皮肉っぽく言った。

次助が大きくあくびをした。

「おい、次助。てめえは悔しくないのか」

「いえ、別に」

「なんだと」

「いえ、そりゃ、悔しいですぜ。ちくしょう、長蔵め」

次助はとってつけたように怒って見せた。

平助がすかさず口を入れた。

「旦那。その程度のことで、遅れをとったなどと言わねえでおくんなせえ。長蔵親分がどこまで調べているかなんて関係ありやせん。あっしらはあっしらのやり方でやるだけです」

「まあ、そうだな」

伊十郎はようやく興奮から醒《さ》めてきたようだ。

「平助、頼んだぜ」

「あれ、もう引き上げるんですかえ」

「番所のほうで、どんな動きがあるのか気になるんでな」

そそくさと伊十郎は出て行った。

「ちっ。なんでえ、ひとりで騒ぎやがって。せっかくいい夢を見てたってのに」

次助は今度は堂々と大きくあくびをした。

「兄い。いい夢ってどんなんだ?」

佐助が好奇心に満ちた目を向けた。

「どうだっていいじゃねえか」

「教えてくれたっていいじゃねえか。次助兄いのいい夢ってのがどんなものか気になる。女か。ひょっとして、女としっぽりと」

「佐助じゃあるまいし、次助のことだ。大方食い物の夢だろうぜ」

平助の言葉に頷《うなず》いて、

「饅頭《まんじゅう》でも食べていたのか」

と、佐助は興味を持ってきいた。すると、次助がむきになって、

「違う」

と、怒ったように言い返した。

「そんなおっかねえ顔をしなくたっていいじゃねえか」

「俺が見ていたのは、おっ母さんの夢だ」

「おっ母さん？　ひょっとして俺のおっ母さん？」

「おめえのじゃねえ。俺たちのおっ母さんだ。おっ母さんが俺に浴衣《ゆかた》を縫ってくれたんだ。俺に着せかけてくれるおっ母さんの手の温《ぬく》もりが背中に当たって……」

次助が涙ぐんだ。

「おっ母さんにはもう少し長生きして欲しかったぜ」

「じつは、俺も明け方おっ母さんの夢を見たんだ」

「えっ、平助兄いも？」

「ああ。おっ母さんは夢の中でも温かくやさしかったぜ」

佐助は胸の底から込み上げてくるものがあった。母親を思い出したばかりではない。血の繋《つな》がらない母のことを、平助と次助が慕ってくれていることがうれしいのだ。

「あのひとは俺たちとは何の関係もねえ。それなのに、俺たちのために無理をして働いて病気になっちまったんだ。俺たちがいなけりゃ、おっ母さんはもっと長生き出来たに違いねえ」

佐助の母親は一歳になる佐助を連れて子供がふたりいる男のもとに後妻に入ったのだが、義父が博打《ばくち》のいざこざから命を落してから、料理屋の仲居をしながら三人を育てて来たのだ。

母は毎晩夜遅くまで働いていた。そんな無理がたたって病に臥し、佐助が五歳のときに息を引き取った。

「おっ母さんにとってみれば、俺や次助は赤の他人だ。なのに、俺や次助にもやさしかった。俺たちを放《ほう》って、佐助だけを連れて、別の男と所帯を持つことも出来たんだ。それを断り、俺たちのために無理をして働いた。俺たちがおっ母さんを殺しちまったようなものだ」

平助も自分を責めるように言う。

母親はいくばくかの金を貯《た》めていた。平助はその金で医者にかけようとしたらしいが、母は叱《しか》って断ったのだ。医者にかかっても無駄だから、この金をこれから三人の暮らしに役立てるように言い、最後に佐助のことを頼むと言い残して息を引き取った。

「不思議なもんだぜ。おやじの夢など見たこともねえのにな」

次助が苦笑した。

おっ母さん、と佐助は心の中で叫んだ。思い出の中に生きている母は若くて美しかった。

佐助が母を思い出していると、ぐうという妙な音がした。音の出所は次助だ。

「まだ、朝飯を食べていなかった」

次助はばつの悪そうな顔で食膳《しょくぜん》に向かった。

すっかり冷めてしまったおみお付けと新香《しんこ》で朝飯を食べる。

「兄い。五人組のほうをどうするんだ?」

次助が口の中に飯を放り込みながらきく。

「長蔵親分に手柄をとられるのも癪《しゃく》だからな。堂本のお屋敷に行ったほうがいいのかな」

佐助も口をもぐもぐさせながら応じる。

「いや、行っても手掛かりは得られねえだろう」

平助が答える。

「どうしてなんだ?」

「あの紫の頭巾の侍は旗本のような姿だったが、本物の旗本であるはずはねえ。それに」

平助は間を置いて続けた。

「武士というのも怪しい」

「侍じゃねえ?」

「あの五人の歩き方を覚えているか。左腰の位置が高い。あれは意識して上げているんだ。それに、よく見ると歩き方もぎこちなかった。つまり、日頃刀を差して歩いている人間じゃねえってことだ。俺はそう睨《にら》んだ」

「じゃあ、奴《やっ》らは何者なんでえ」

「旗本屋敷なら泣き寝入りするだろうと踏んだ盗人《ぬすっと》が武士に化けて押し入っているんだ。めくらましだ」

「ていうことは、普通の盗賊だってことか」

「そうだ。おそらく、今までは商家などを襲っていた連中に違いねえ。ただし、江戸じゃねえな。ここ一年内に江戸に入り込んで来た者だ。ただ、中のひとりかふたりは腕が立つのは間違いねえ。よほどの剣客も敵《かな》わねえ腕を持っているようだ」

　平助は言い切った。

「おそらく、被害に遭った屋敷のほうでは相手を本物の侍と見ているに違いねえ。そんな連中から話を聞いても無駄だってことだ」

「じゃあ、どうするんだ?」

「盗人仲間から情報を聞き出すんだ。剣技に優れ、芝居気があり、世情に聡《さと》い奴。そんな盗人を洗い出してみるんだ」

「でも、盗人といっても知り合いがいるわけじゃねえし。そうだ。火盗改《かとうあらため》の斎藤《さいとう》さまにきいてみたらどうだ」

火盗改の斎藤とは与力《よりき》の斎藤弥四郎《やしろう》のことだ。

地獄小僧の探索で、ひょんなことから手を組むようになった。斎藤弥四郎は佐平次のことを必要以上に買っているのだ。

「それもいいが」

と、平助は小首を傾《かし》げた。

「井原の旦那は気に召さねえだろう。それより、まず茂助《もすけ》の父っつあんのところに行ってみよう」

「そうか、茂助の父っつあんならその社会の人間も知っているな」

岡っ引きの茂助ならと、佐助も納得した。


遅い朝飯だったので、神田須田町にある茂助の家についたときはすでに昼近くになっていた。

たいがいの岡っ引きは女房に何らかの商売をやらせているのだが、茂助も例外ではなく、女房に一膳飯屋をやらせている。

茂助は井原伊十郎から手札を貰っていたが、あとを佐平次に頼み、自分は引退したのだ。

佐助たちは茂助から岡っ引きのなんたるかの指導を受けた。いわば、佐平次の師匠という存在であった。

佐助が裏口から土間に入ると、茂助がたすき掛けで手に雑巾を持っている。

「父っつあん。何をしているんだ？」

佐助たちは茂助のことを、尊敬と親しみをこめて、父っつあんと呼んでいる。幼くして父を亡くした三人は茂助をほんとうの父親のように思っていた。

「おう、佐平次か。見れば、わかるだろう。掃除だ」

「えっ、父っつあんが掃除？　じゃあ、内儀《おかみ》さんの具合でも……」

佐助は息を呑《の》んだ。

茂助のかみさんは一年ほど前から喘息《ぜんそく》に苦しむようになり、ときどき発作が起きるのだ。だから、また発作でも起きて寝込んでいるのかと心配したのだ。

「いや、そうじゃねえんだ。きょう、かみさんは朝から出かけているんだ。芝居よ。今、木挽《こびき》町で何たらとかいう役者が出ている。ちょっと待て。もうおしめいにするから」

俺が御用一筋でやってこれたのもうちの奴のおかげと、茂助は常々言っていたが、茂助が半ば引退したようになってからかみさんはゆっくり芝居見物に行けるようになったものと思える。

「父っつあん、手伝おうか」

「とんでもねえ。佐平次親分にそんな真似《まね》はさせられねえよ。いいから、居間で待ってな」

佐助たちが居間で待っていると、

「よし、いいだろう」

という声が聞こえ、茂助がたすきを外してやって来た。

「茶でもいれよう」

長火鉢の鉄瓶が音を立てていた。

「で、何だ、きいてぇことってのは?」

「えっ、わかるのか」

「何言ってやんで。用のあるときしか来ねえじゃねえか」

「へえ」

すいませんと佐助は頭を下げた。

「まあ、いいや。さあ、何でえ」

「父っつあん、泥棒仲間に顔のきく奴を知らねえか」

「泥棒仲間だと?」

茂助は皺《しわ》の浮いた顔に不審の色を浮かべた。

「いってえ、何を調べているんだ?」

「へえ。父っつあんは聞いちゃいるかわかりやせんが、最近旗本屋敷専門に押し入る強盗が出没しているんですよ」

「ほう」

「五人組で、皆羽織に袴をつけて、顔に頭巾。中のひとりは旗本並の風格の男」

「なるほど。侍の格好をしているが、本物じゃねえと踏んだな」

さすが腕っこきの岡っ引きだっただけあって、とっさの間に事情を呑み込んだようだ。

「おそらく旗本屋敷に狙いを定めたのは最近の旗本が奉公人を減らしているというところに目をつけたのか。それに、自分たちも剣の腕に自信があるのだろう。旗本屋敷に忍び込むから侍の格好をした。そういうことかえ」

茂助が平助に顔を向けた。

「へえ。そのとおりでございましょう。賊を侍と思わせておけば、自分たちはふだんは町人の格好でお天道様の下を大手を振ってあるけますからね」

「盗人仲間で何人か顔が浮かぶが、奴らからそのような輩《やから》の話は聞いたことがねえな。まあ、念のためにきいてみたらいいだろう。そうさな、仏の久兵衛《きゅうべえ》がいいだろう」

「仏の久兵衛？　盗人のくせに仏ですかえ」

「仏といったって仏のように慈悲深えってわけじゃねえ。押し込んだ先で必ず仏が出る。つまり、必ず誰かが殺されるって凶悪な盗人だった」

「そんな盗人がのうのうと娑婆《しゃば》で暮らしていられるんですかえ」

「いや、仏の久兵衛は死んだことになっている。手下の裏切りで、町方が隠れ家に踏み込んだとき、奴は病に臥せっていたんだ。浅草の溜《ため》に送られて、そこで死んだ。死ぬ前にいっさいを白状してな」

溜とは重病な囚人の療養所だ。

「ところが、奴は生きていたのよ。それを見つけたのはそれから五年後だ。すっかり、好々爺《こうこうや》になっていた。まさに、仏の久兵衛だ。俺は見て見ぬ振りをしたってわけだ。その恩誼《おんぎ》をくみ取ったのか、奴はいろいろな情報をくれた。いわば、俺の隠し財産だな」

「じゃあ、井原の旦那も知らねえので？」

「いや、薄々は感づいているようだが、知らんぷりをしてくれている。だから、旦那の前で、久兵衛の話をしたことはねえ」

「でも、どうしてそれを俺たちに？」

「おめえたちにもいい財産だからよ。いつか話そうと思っていたところだ。いいか。久兵衛のことはおめえたちだから話したんだ。今のことは誰にも話すんじゃねえぞ」

茂助は鋭い目を向けた。

「へい」

「よし。じゃあ、久兵衛の住いを教えてやる。と言いたいが、じつは知らねえんだ」

「そんな」

肩すかしをくらったように、佐助はがくんとなった。

「いや。久兵衛は常に塒《ねぐら》を変えているんだ。だが、連絡方法はある」

「それは？」

「両国橋東詰めにほとんど毎日のように座っている乞食《こじき》がいる。この乞食は久兵衛の手下だ。この乞食に『仏に会いてえ。茂助の伜《せがれ》だ』と声をかけるんだ。そしたら、どこに行けば会えるか教えてくれる」

「それにしても、父っつあん。どうして端から教えておいちゃくれねえんだ」

「そりゃ、おめえたちが本気で岡っ引きを、いや佐平次を続ける気があるかどうかわからなかったからな。いつ逃げ出すんじゃねえかと、思っていたんだ。そんな人間に、こんな大事なことを教えられるか。これは俺と仏の久兵衛の友情なんだ」

「父っつあん、悪かった」

佐助が素直に詫《わ》びた。

「なあに、いいってことよ。じゃあ、これで仏の久兵衛のこともおめえたちに引き渡したぜ」

「ああ、承知だ」

佐助は胸を叩いた。

が、佐助は微《かす》かに胸が疼《うず》くのを覚えた。俺はほんとうにこのまま佐平次をやっていくつもりがあるのだろうか。いや、俺がその気になったとしても、佐平次としてやっていけるのはふたりの兄いがいるからだ。

兄いたちだって俺の手下のような真似をいつまで続けられるか。ことに、平助兄いは自分のやりたいことがあるはずなのだ。平助の才能を埋もれさせてしまうような真似はしたくない。

そんなことを考えながら、茂助の用意してくれた昼飯を食べた。

「すっかりごちになってすいやせんでした」

「なあに、たまには顔を出せ。飯ぐらいならいつでも馳走《ちそう》してやる」

三人で頭を下げ、茂助の家を辞去し、神田明神下に向かった。

十年前までやっていた花川の元奉公人を探すのは案外とたいへんだった。が、地元で大きく商売をやっている古着屋の主人がやっと思い出してくれた。

「あっしはよく花川を使っていたんですが、愛想のいいお久という仲居頭がおりやした。そのお久と二年前に偶然にも観音さまの境内で会ったんですよ」

そのとき、お久に今どうしているのだときいたのだという。

「お久は今戸で、一膳飯屋を開いているって言っていやした。いえ、あっしは一度も足を運んだことはねえんですよ」

「一膳飯屋の名前を覚えちゃいないかえ」

「へえ。それが、とんと。でも、慶養寺の近くだと言ってやしたから」

「よし、そこまでわかれば見つかるだろう。すまなかったな」

佐助は古着屋を出てから、今戸に向かった。

下谷から門跡前を通り、雷門から大川沿いの花川戸を過ぎて、今戸橋に差しかかったときには陽《ひ》も大きく傾いていた。

慶養寺門前には茶店や大川に沿って料理屋があるが、なかなか一膳飯屋のような店は見つからなかった。

通り掛かった職人体の男に訊《たず》ねても首を横に振るだけだ。だが、ようやくその店が見つかった。慶養寺の近くだと言うことだが、だいぶ離れていた。今戸は今戸でも橋場に近い。どうやら寺の名前を聞き違えていたのかもしれない。

まだ暖簾《のれん》が出ていなかった。引き戸を開けて土間に入る。

土間の両側に小上がりの座敷がある。店はそれほど広くないが、活気のありそうな雰囲気だ。この辺りは焼物師や瓦《かわら》師が多く、隅田川沿いで瓦を焼いている。もっとも瓦だけを焼いているのではなく、土人形なども焼いており、また七輪や焙烙《ほうろく》、火鉢などもある。そういった職人がよくやって来るのかもしれない。

奥に向かって声をかけると、板場から五十絡みの男が顔を出した。

「まだなんですが」

「すまねえ。客じゃないんだ。俺は長谷川町の佐平次というものだが、こちらにお久さんがいると聞いて来たんだが」

すると、板場の暗がりから小肥《こぶと》りの女が顔を出した。

「あたしですが」

「お久さんかえ。すまねえ。ちと昔のことできてえんだが、今いいかえ」

「はい。でも、昔のことって？」

「明神下の頃のことだ」

「あら、花川ですか」

お久は懐かしそうに目を細めた。

「花川が潰《つぶ》れて、奉公人たちは皆困ったろうな」

「ええ。幸い私は橋場の料理屋で働くことが出来ました。運がよかったんですね、その板場で働いていたのがうちのひとなんですよ」

「ほう。じゃあ、花川が続いていたら、ふたりは会えなかったってわけだ」

「そうなりますね」

お久は板場の亭主にちらりと目をやってから、

「親分さん。花川のなんですか、ききたいことって」

「朋輩《ほうばい》にお品って女がいたと思うが、覚えちゃいないか」

「お品ちゃんのことなら覚えていますよ。同じような境遇だから、仲がよかったんです。でも、突然お店をやめてどこかへ行っちゃいましたから」

「その後、つきあいはなくなったのかえ」

「ええ。あたしにも何も言わずにいなくなっちゃったんですから。あたし宛の手紙に、お世話になりましたと書いてあっただけ」

「なるほど。で、当時、お品に親しくしている男がいたかどうか知らないかね」

「そういえば、三十ぐらいの渋い感じの男がお品ちゃんにお酌をさせていたけど」

文字常の話に出て来た男か。

「その男の名前はわからねえか」

「さあ、覚えちゃいません。なんでも、上州からときたま江戸に買いつけに来る旦那だとか、お品ちゃんが言っていたのを覚えてます」

「上州か」

その客がほんとうのことを喋《しゃべ》っているという保証はない。

「その男とお品は外でも会うような仲じゃなかったかえ」

「お品ちゃんは器量がよいからずいぶん男たちから誘われてましたけどねえ」

そのとき、板場で大きな音がした。びっくりして、お久が覗いた。佐助もつられてみると、亭主が運んでいた樽椅子《たるいす》を落とし、それが転がって壁に当たったのだ。

「ご亭主は何をしているんだね」

「空いた酒樽を土間に運ぼうとしているんですよ。卓に使おうとしているんです」

なるほど、土間にはまだ使っていない隙間《すきま》がある。そこに酒樽を置いて、客に使わせようとするのだ。やはり、繁盛しているのだ。

「待ってな」

佐助はそう言い、外にいる次助を呼び入れた。

「この樽を運んでやるんだ」

「この野郎」

と、次助が目を剝《む》いた。

「しっ。気づかれる」

佐助はあわてて言い、

「ご亭主。こいつにやらせますんで」

ちっ、と聞こえないように舌打ちして、次助は奥に向かった。

「すみませんねえ」

お久が出て来た。

「いや、てえしたことじゃねえ。それで、何だったたっけな、そうだ。お品の男関係だったか」

「そりゃ、お品ちゃんは真面目《まじめ》でしたからね」

頷きながら、佐助は別の話題に移った。

「お品は常磐津《ときわず》の師匠のところに通っていたんだが、仲居で稽古《けいこ》ごとをする余裕なんてあったのかえ」

「そうねえ。だとすると、やっぱし……」

「やっぱし、なんだえ」

「はい。一度、その男からお品ちゃんが荷物を預かったんですよ。紙に包んだこれくらいのもの」

お久は両手で小さな形を作った。

「なんだと思います？」

「金か」

「そうです。百両はあったんじゃないでしょうか」

次助が樽を軽々運んで、作業はあっけなく終わった。

「ごくろう」

佐助が声をかけると、次助は返事もせずに外に出て行った。

「その客はすぐにお金をとりに来たのかえ」

改めて、佐助はきいた。

「いや。それから十日ほど、そのお客さんは店に現れなかったんです。それで、お品ちゃんに預かりものはどうしたのってきいたら返したって」

「つまり、店で会ったとき預かったものを、店の外で返したってことか」

「ええ。やっぱし、お品ちゃんはその男と外で逢瀬を重ねていたかもしれませんねえ」

そうだろうと、佐助も思った。

すると、当時、お品はその男と同時に間宮庄右衛門ともつきあっていたことになる。

おけいという娘はいずれかの子どもということになるのかもしれない。これは間宮庄右衛門にとって有利な状況になったといえる。少なくとも、ふたりの男と同時につきあっていたとしたら、おけいはそっちの男の子だという可能性もあるからだ。

「その男の特徴なんか覚えちゃいないだろうな」

「無理ですよ。そんな特徴なんか覚えちゃ……」

お久の笑いが引っ込んだ。

「そういえば、その男のひと。妙な癖がありましたよ。お品ちゃんと笑ったことがあるんです」

「どんな癖だね」

「爪《つめ》と爪をこすって音を立てるんです。最初、なんだかわからなかったんですけど、それがあのお客さんの爪の音でした。こうやって、爪と爪を」

お久は人指し指と親指の爪同士をこすりあわせた。

「爪をこするか。そいつはいいことを聞いた」

佐助がにこりと笑った。

奥から亭主が出て来て、佐助に会釈をしてから戸口に向かった。暖簾を出す時間になったらしい。

佐助は礼を言って店を出た。

先に出て待っていた次助が眦《まなじり》をつり上げ、

「やい、佐助。おれはてめえの召使か」

「兄い。そうじゃねえ。ただ、外に出れば俺は佐平次で兄いは子分。でも、次助兄いのおかげでお久夫婦は喜んでいたじゃねえか。お久も亭主も、兄いの怪力にたまげていたぜ」

「おい、さっさと行くぜ」

平助はこれから両国橋の東詰めに急ごうとしているのだ。

「兄い。船に乗らねえのか」

次助が泣き言を言う。

「さっき、樽を運んだのでだいぶ力を消耗してしまったんだ」

「金がねえ」

平助はあっさり言った。

御用の風を吹かせてただで船を出すことも出来ないわけではないが、佐平次親分はそういうことをしないのだ。立派な人間を演じるのは割が合わねえと佐助もぼやいた。

駒形《こまがた》から蔵前《くらまえ》を経て両国広小路《ひろこうじ》にやって来た頃には陽も暮れてきた。

「早くしねえと、乞食が引き上げてしまう」

平助に急《せ》かされ、佐助も両国橋を渡った。次助がだいぶ遅れている。

家路を急ぐのか、誰も足早だ。

川面《かわも》には屋形船や屋根船が浮かんでいる。来月の川開きがすめば、川に繰り出す船の数はさらに増えるだろう。

ようやく橋を渡り切ったとき、橋詰に乞食の姿はなかった。

「ちっ。間に合わなかったか」

平助が呟《つぶや》いたあとで、

「おい、あそこだ」

と、顎《あご》をしゃくった。

薄闇《うすやみ》の中に、ボロ布をまとった乞食がゆっくり歩いている。

「ちょっと待ってくれ」

佐助は呼び止めてから乞食の前にまわり込んだ。

「仏に会いてえ。俺は茂助の伜だ」

乞食の汚れて黒い顔は表情がわからない。

「明日の今頃、業平《なりひら》の源兵衛堀だ」

「源兵衛堀だな」

確認したが、乞食は答えずのたのたと歩き出していた。

三

きょうは羽織を着て、商家の番頭ふうの姿で、田之助は本石町一丁目にやって来た。天津屋はひとの出入りが多く、活気があった。

店に特に変わった様子はない。少し離れた場所で、田之助は佐太郎が出て来るのを待った。

佐太郎はなかなか出て来ない。もう一度天津屋の前を通り過ぎた。だいぶ行ってから引き返す。と、店から佐太郎が出て来た。あわてて顔を俯《うつむ》けて行き過ぎた。

途中で、さりげなく後ろの様子を窺う。佐太郎が小僧を連れて反対方向に歩いて行った。その後から浪人者がついて行く。新たな用心棒を雇ったようだ。

田之助は向きを変え、しばらく佐太郎のあとをつけて行ったが、一石橋を渡って行ったのを見届けてから踵を返した。

天津屋に戻り、裏手にまわった。田之助は本来の目的、すなわち駒次郎を探し出さねばならないのだが、それ以上に天津屋の内儀千代のことが気がかりであった。

裏塀に佇み、女中が出て来るのを待った。しかし、裏口はなかなか開かなかった。

佐太郎がお千代を不幸にしているのは間違いない。外に女をこしらえ、用心棒を抱えなければならないほど、ひとから怨《うら》みを買う真似をしているのだ。さらに、今おけいという女を使って何かを企《たくら》んでいるらしい。

田之助はお千代に会う決心をした。二度と会うまいと心に決めたのだが、会って事情をきくべきだと思ったのだ。このまま見過ごすことは出来ないのだ。

半刻《はんとき》（一時間）ほど待って、裏口の戸が開いた。出て来たのはいつぞやの女中に幼子。そして、あとからお千代が出て来た。

きょうも女中が娘を連れてどこぞに行く。おそらく、習い事にでも連れて行くのだろう。その姿が表通りに出て消えるまで待って、お千代は引き返した。

裏口に入ろうとする直前に、田之助は意を決して飛び出した。

「お嬢さま」

はっとしたようにお千代が振り返った。

お千代の目に驚愕《きょうがく》と狼狽《ろうばい》、そして懐かしさのようなものがないまぜになって浮かんだ。

「田之助さん」

お千代は戸惑いぎみの顔を向けた。

「ここじゃ話が出来ません。どこか出て来られませんか」

近づき、お千代の袖《そで》を引くような強い口調で、

「ひとが来るかもしれません。どこかでお目にかかりたい」

「明後日、お墓参りに参ります」

そう言い残し、お千代は裏口に消えた。

お墓参りとはお千代の両親のだろう。旦那も三年前に亡くなったと、仁助が言っていたのだ。田之助の胸に切ないものが走った。

菩提寺《ぼだいじ》は知っている。本所にある弥勒寺《みろくじ》だ。

田之助は天津屋をあとにして、日本橋界隈を歩き、鉄砲洲《てっぽうず》から両国広小路へと向かった。

歩きながら、目は絶えず行き交うひとの顔に向いている。駒次郎を探しているのだ。

もとより、この広い江戸で探し出すのは至難の業であることは承知していた。だが、こうやって江戸市内を歩き回っていれば何かひっかかってくる。そう思って毎日歩き回っているのだ。

それに駒次郎は江戸で何かやるはずなのだ。どこかに、その兆候があるかもしれない。

そんな頼り無いことにも望みをかけている。

両国橋を渡り、回向院《えこういん》の手前を左に折れ、横川に出てから二之橋を渡る。やがて、北森

下町にやって来たとき、ふと髪結い床が目に入った。

田之助はそこに向かった。髪結いはふたりいて、それぞれ客の頭を当たっているが、職人ふうの男や商人ふうの男が数人待っていた。

混んでいるほうが、田之助には好都合だった。こういったひとの集まる所にはいろいろな噂《うわさ》が集まってくる。

田之助は煙管《キセル》を取り出し、聞き耳を立てる。どこそこの嬶《かかあ》が若い男と逃げたという話や何とかという店の酒は不味《まず》いとか、いろいろな話が飛び交っているが、田之助の心に響くような話はなかった。

「あの田丸屋に盗人が入ったそうじゃないか」

口から煙管を離して、田之助はその声の主を見た。行商人のような若い男だ。

「二十両盗まれたそうだ」

「盗人は捕まったのか」

傍《そば》にいる年配の男がきいた。

「いや。まだ、らしい」

すると、白髪頭の老人の髪を結っていた髪結いが、

「その盗人なら捕まったそうですよ」

と、口を入れた。

「捕まったのか」

「へえ。さっき、町方のひとがやって来て、自慢そうに話していましたぜ」

田之助は緊張を解いた。

駒次郎の仕業かもしれないと思ったのだが、違ったようだ。

順番が来て、田之助は髪を当たってもらいながら、さっきの盗人の話をそれとなく持ち出したが、やはり駒次郎とは別人だ。

田之助は髪結い床を出た。小名木川《おなぎ》に差しかかったとき、田之助は足を緩め、背後を窺った。怪しい人間はいなかった。気のせいかと思い、高橋を渡って霊巌寺《れいがんじ》の前までやって来たが、なんだか背後が気になって振り返った。

佐太郎やあの用心棒の浪人は田之助のことを知らないはずだ。だからつけられるはずはない。そう思いながらも、なんとなく落ち着かなかった。

再び歩きはじめたが、誰かに見つめられているような気がしてならない。佐太郎が何らかの事情で俺のことに気づいたのかと、不審に思いながら仙台堀を越えた。

永代寺の参道に入った。ひとの隙間を縫って、奥へと急ぎ、途中で見つけた一膳飯屋に入った。

こういったところでも、客の噂話に聞き耳を立てた。江戸は広い。だが、噂というのは火のように広まるものだ。どんな場末の店にも耳寄りな話が入り込んでいるかもしれないのだ。

飯を食べてから、外に出る。周囲を窺い、歩きはじめたが、さっきのつけられているような気配はなかった。

　仲町に足を向ける。座敷に向かう芸者の姿もちらほら見える。さらに、俗に土橋という東仲町にも足を向ける。茶屋や子供屋が仲町と同じぐらいにあるところだ。

　盗んだ金で豪遊している可能性もあり、こういう盛り場で見つかる可能性も考えたのだ。もともと贅沢《ぜいたく》な人間だ。じっとしていられるわけはないのだ。

　冷かし客のようにぶらぶら歩いているが、目は客の男のほうを絶えず気にしている。

　その後、用心をして遠回りをして、娼家《しょうか》の座敷で染太郎と向かい合ったのは半刻（三十分）後のことだった。

「うれしいわ。もう来てくれないと思っていたから」

　染太郎が笑みを見せた。

「また来ると言ったはずじゃないか」

「皆、そう言うけど、それっきり」

　染太郎はいかにも場末の娼婦という雰囲気だが、表情に卑しさがない。田之助はそこが気に入ったのだ。

　酌を受けながら、ふと田之助はさっきの尾行のことに思いが向いていた。

　今から考えても、どうもつけられていたような気がしてならないのだ。しかし、佐太郎だとは思えない。

　そう思ったとき、はたと気づいたのは駒次郎のことだ。

ひょっとして、駒次郎は俺が江戸に来たことに気づいたのではないか。駒次郎か、その仲間がつけていたとも考えられる。

いったんそう思うと、それに間違いがないように思われてきた。

「どうしたのさ。また、考え事？」

染太郎が不思議そうな顔をした。

「いや、なんでもねえ」

田之助は盃《さかずき》を乾《ほ》した。

「田之助さんはここに何か秘めたものがあるみたいね」

そう言って、染太郎は耳を田之助の胸に当てた。

「何をしている？」

膝《ひざ》に染太郎の重みを感じながらきいた。

「聞こえる」

染太郎が囁《ささや》く。

「聞こえる？」

「田之助さんの呻《うめ》き声よ」

「ばかな」

田之助は苦笑した。

染太郎は顔を上げた。

「ほんとうに聞こえたよ」

染太郎の真剣な表情に田之助は返す言葉を失った。

「可哀《かわい》そう。こんなに苦しんで」

この女は俺の心を見抜いていると思った。が、不快ではなかった。

「勝手に決めつけんでくれ」

田之助は笑いにごまかした。

「あたしにはわかる。あたしも同じだから」

「じゃあ、おめえの苦しみを俺が取り除いてやろう」

「あいよ。じゃあ、あっちへ」

染太郎が立ち上がろうとした。

「そうじゃねえ。譬《たと》えなんかじゃねえ。おめえは家族がいるのか」

「故郷にお父っつあんとおっ母さん、妹たちがいるわ」

「会いてえだろう」

「そりゃ、会いたいけど、もう諦めたよ」

染太郎は自嘲《じちょう》気味に答えた。

「諦めるのは早い。いつかきっといいことがある」

「そうだね。そう思わなきゃ生きていけないものね」

この女は客の言葉に何度も騙《だま》されてきたのだろう。嘘《うそ》と知りつつも、ひょっとしたらと思ったに違いない。そのたびに、奈落《ならく》に突き落される悲しみを味わってきたものと思える。

「俺がいくら言っても、信じられねえかもしれねえが、きっとおめえをここから出してやる」

「うれしいよ、その言葉」

染太郎は儚《はかな》げな笑みを浮かべた。

出任せは男の習いだと、その笑みは言っているようだ。

「でも、田之助さんに身請けされていっしょに暮らせたらどんなに楽しいだろね」

染太郎が田之助の肩に頰《ほお》を寄せた。

「身請けはしてやる。が、いっしょには住めねえ」

「どうして？」

「俺はそんな人間じゃねえってことさ」

「ばか」

染太郎が顔を離して言った。

「どうせ、この場の作り事じゃないか。だったら、所帯を持つと言ってくれてもいいだろう。へんなところで馬鹿正直なんだから」

そんな嘘など言えやしない。

「ねえ、そろそろあっちへ行こう」

頷き、田之助は盃を呑み乾した。

眉《まゆ》を寄せた苦しそうな表情で、染太郎は喘《あえ》ぎ声を必死に堪《こら》えている。が、田之助が腰を激しく使い出したとき、染太郎は堪えきれずに悲鳴のような声を上げた。そんな女にいじらしさを覚え、田之助はぐったりした染太郎の耳たぶに唇を当てた。

「ねえ、おまえさん」

染太郎が薄目を開けた。

「なんだ？」

田之助は上から顔を覗き込んだ。

すると、染太郎がはっとしたように目を見開いた。

「どうした？」

「ごめんなさい」

「何を謝る？」

「あたし、今、おまえさんだなんて馴《な》れ馴れしく呼んで」

染太郎は恥じらうように顔を横に向けた。

「いいじゃねえか。おまえさんで。なんだか、何年も連れ添った夫婦みてえでいいもんだぜ」

「ほんとうかい」

「ほんとうだ」

「うれしいよ、おまえさん」

染太郎がしがみついてきた。

四つ（十時）の鐘が鳴ってからしばらく経《た》って、田之助はふとんを出た。

「また来る」

「必ずですよ。待ってますからね」

微笑《ほほえ》みを見せてから、田之助は帯を締めた。

四

その日の夕方、ちょうど田之助が深川の一膳飯屋に入った頃のことだ。

佐助は源兵衛堀にやって来た。横川と隅田川を結ぶ堀で、業平橋から隅田川までを源兵衛堀と言い、隅田川の入口、水戸家下屋敷の傍に源兵衛橋があった。源森橋あるいは枕橋ともいう。

その橋の袂《たもと》に立ってから四半刻（三十分）経った。

「ちっ。あの乞食坊主。いい加減なことを言いやがったんじゃねえのか」

次助が舌打ちする。

「もう少し待ってみよう」

平助は落ち着いている。

「したって、あんな簡単に請け合いやがって、だいたいどういう関係だか……」

「次助兄い。誰か来る」

佐助は声を上げた。

中之郷瓦町のほうから、杖《つえ》をついた小柄な年寄りがゆっくりとした足取りでやって来る。白髪で、百姓の隠居のような雰囲気だ。

だんだん近づいて来るが、果たして仏の久兵衛なのか。途中、歩みを止めては腰を叩いているので、なかなか近づかない。

焦《じ》れて来るのを懸命に押さえて待つうちに、ようよう年寄りが近づいて来た。顔が小さいわりにはおでこが妙に広い男だ。顔の半分がおでこではないかと思える。

年寄りは三人を無視して通り過ぎた。

気が抜けたとき、途中で年寄りが立ち止まったので、おやっと思った。

年寄りはゆっくり振り向いた。そして、さっきののろのろ歩きが嘘のように、今度はつかつかと近寄って来た。

「佐平次親分だね」

年寄りはくぐもった声を出した。

「仏の久兵衛さんか」

佐助もきき返す。

年寄りは頷き、

「俺に何か用か」

「茂助の父っつあんから聞いたんだ。おめえさんに教えて欲しいことがあるんだ」

　久兵衛は黙って頷き、橋の欄干に寄り掛かった。ちょうど材木を積んだ船が大川に出て行くところだった。

「近頃、旗本屋敷専門に押し入る盗賊がいる。五人組だ。皆侍の格好をしている。うちのひとりは旗本のような身形《みなり》だ。だが、どうも本物の侍ではないように思える。こういう扮《ふん》装《そう》をして押し込む盗賊について何か知っていたら教えて欲しい」

　久兵衛は川面を見つめたままだ。

　佐助は平助と次助の顔を見た。次助が口許《くちもと》を歪《ゆが》めた。

　佐助が声をかけようとしたとき、くぐもった声が聞こえた。

「二十年ぐらい前、東海道の城下町で、大名の家臣を装って商家から金を騙し取っていた一味があると聞いたことがある。どこから見ても、武士のようだったそうだが、武士じゃねえ。単なる盗人だ。その一味が江戸に流れて来た」

「江戸でも、大名の家臣を装って詐欺を？」

「そうだ。騙されたほうは世間体を慮《おもんぱか》って泣き寝入りしていたそうだ。だから、表沙汰《おもてざた》になっちゃいねえ」

　似ていると思った。今回の旗本専門の押込みも被害に遭ったほうは泣き寝入りだ。しかし、その一味が活動をしていたのは二十年近く前だ。

「その一味はその後、どうしたんだね」

佐助は先を促した。

「いつの間にか江戸を離れたようだが、その後のことは知らねえ」

「名前は？」

「知らねえ」

「調べることは出来ねえか」

「ずいぶん昔のことだからな」

「なんとか調べてくれねえか。その後、どうしたか。子分たちのことも」

「わかった。なんとかやってみよう。で？」

久兵衛が皺の浮いた顔を向けた。

「なに？」

佐助は小首を傾げる。

久兵衛は口許を歪めた。

「調べるには金がかかる」

佐助は平助に顔を向けた。

平助が一歩前に出た。

「茂助父っつあんからも金をとっていたのかえ」

平助の問いかけに久兵衛は顔をしかめた。

「いや」

「佐平次親分は茂助父っつあんの跡を継いだ岡っ引きだぜ。そんな親分から金をとるのかえ」

平助が強気に出た。

「だが、調べるには金がいるんだ」

「いくらだ？」

「まあ、これだけ」

指を一本上げた。

「その身形、いい暮らしをしているようじゃねえか。おそらく盗んでしこたま溜《た》め込んだ金がまだ残っているとみたがどうだえ」

久兵衛がふんと横を向いた。

平助が目顔で何かを言った。その真意を察して、佐助は口を出した。

「まあ、いいってことよ。これをとっておきな」

佐助が巾着から一朱を出した。

「これっぽっちか」

久兵衛は不服そうに受け取った。

「おまえさんにどれだけの価値があるのかわからんからな。なにしろ、二十年近い昔のことを調べるんだ。果たして出来るかどうか」

平助はわざと煽《あお》るように言う。

「俺を見くびるな」

久兵衛は憤慨した。

「よし、その意気だ。うまくいったら、謝礼を考える」

「ふん」

久兵衛は鼻を鳴らしたあとで、平助の顔に鼻っ面を押しつけるようにして、

「おい、若けえの」

と、呼びかけた。

「てめえはいい度胸をしているぜ。なるほど、佐平次はいい子分を持っているぜ」

久兵衛は顔を歪めて去って行った。

「いいのか、怒らして」

佐助が心配そうにきく。

「あの手の男は少し見くびった振りをしておいたほうが必死になってやるものさ」

平助は表情一つ変えずに言った。


それからおけいの住む浅草六軒町に向かった。この界隈は寺の多い所だ。

その頃には暗くなり、長屋では夕飯の支度に忙しく、仕事先から亭主が三々五々引き上げてきている。

佐助は夕飯のために長屋の者が家に引っ込んだ頃合いを見計らって、長屋の木戸を入っ

ていった。

仕立ての木の看板の下がった戸障子を叩くと、内から戸が開かれて女が顔を出した。

「おけいさんだね。長谷川町の佐平次ってものだ」

おけいが軽く頭を下げた。

「間宮庄右衛門どののことで話がある。すまねえが、この先の寺まで来ちゃくれまいか」

「わかりました。すぐ、行きます」

佐助が寺の門を潜って行くと、平助と次助が待っていた。

「すぐ来るそうだ」

庭に躑躅《つつじ》が見事に咲いている。

おけいは自分の素性を一言も長屋の者には漏らしていない。しかし、いつまでも口を閉ざしておくとは限らない。間宮庄右衛門の返事次第では世間に触れ回す可能性もある。

早くこの件を片づけ、間宮庄右衛門から謝礼を貰い、そこから仏の久兵衛への礼金を出す。そう算段したが、そううまくいきそうにも思えなかった。おけいのことはまだまだ時間がかかりそうだ。

「来た」

次助の声に、佐助は躑躅から目を山門に移した。

おけいがちょっと立ち止まり、再び歩き出し、佐助の数歩前までやって来た。

「すまなかったな」

「いえ」

「間宮どのから聞いたが、おまえさんは間宮どのの娘だというが、それはほんとうかえ」

石灯籠《いしどうろう》の傍に移動してから、佐助は直截《ちょくせつ》にきいた。

「はい。亡くなった母からそのように聞きました」

「母上の名は?」

「お品です」

「いつ亡くなったんだね」

「半年ほど前、去年の十一月でございます」

おけいは整った顔立ちで、楚々《そそ》としている。が、臆《おく》したふうはなく、佐助を見つめ返した。見掛けによらず、芯《しん》は強いのか。あるいは、間宮庄右衛門の娘であるのは事実だという自信の現れなのか。

「母上からはいつ、どのように聞いたのかな」

「はい。もう死期が迫っていると感じたのでしょうか、私を枕元《まくらもと》に呼び、ずっとお父っつあんのことを隠していたけど、おまえのお父っつあんはじつはお侍さまだと」

胸の前で手を組んでいる仕種《しぐさ》が僅かに若い女を意識させたが、言葉遣いは堂々としていた。

「母は若い頃、常磐津のお稽古に通っておりました。そこで、あるお侍さまと親しくなったということです。そのお侍さまには奥さまがいらっしゃり、ふたりは忍んで会っていたということでございます」

　間宮庄右衛門の話と符合する。

「ところが、あるとき、母は身籠《みご》もったことを知りました。そうなると、そのお侍さまに迷惑がかかる。子どもは自分ひとりで産み、育てようと決心して、そのお侍さまに黙って去って行ったと申しました」

　庄右衛門は、ある日突然に、お品がいなくなってしまったと語り、その理由に皆目見当がつかなかったという。今、その理由がおけいの口から明らかにされた。

「母はその御方のためを思い、身を引いたのでございます。母が言うには、その御方は藩のお留守居役を勤める御方。もし、料理屋の仲居に子を産ませたとわかったら、差し障りがあるかもしれない。そう思い、涙ながらに身を引く覚悟を固めたそうでございます」

　おけいの顔から間宮庄右衛門の面影を見出《みいだ》そうとした。似ていると思えば似ているし、違うと言えば違うようだ。

　江戸を離れたお品は親戚《しんせき》を頼って故郷の相模《さがみ》の国に行き、そこの百姓家の離れでおけいを産んだという。

　面倒を見てくれていた叔父《おじ》が亡くなり、いづらくなって再び江戸に出たのはおけいが十歳のときだ。

　おけいの話に矛盾はない。だが、だからと言っておけいが間宮庄右衛門の子だという証拠にはならない。

死んだ母親がおけいに嘘をついているかもしれないからだ。

「母上とふたりで住んでいたのはどこなんだね」

「はい。本所亀沢町です」

「こっちに引っ越してきたのはどういうわけなんだね」

「はい。母が死んだあと、母の友人でおくにさんという方が、父親が立派なお武家さまだとわかったんだから、水茶屋勤めを続けていてはご迷惑がかかるといけないと言い、ここに家を借りてくれたのです」

「なるほど。で、おくにさんはどこに住んでいるんだね」

「入谷です」

住いの場所を聞いてから、

「あらまし事情はわかった」

と、佐助はやさしく言い、

「今度、もう一度改めて話を聞きたい。また会ってくれるかな」

「はい。いつでも構いません。どうぞ、よろしくお願いいたします」

おけいは丁寧に腰を折って引き上げようとした。

「あっ、待ってくれ。一つ、ききたい」

佐助は呼び止めた。

「はい」

「間宮さまの娘とわかったら、おまえさんはどうするつもりなのだね」

「私はただ父のことをはっきりさせたいだけなのです。もし、父だったらお願いすることはただ一つ。母のお墓にお参りしてやってくださいというだけです。それ以上のことは望んではおりません」

お金の要求もしないのかと口に出かかったが、きれいな瞳《ひとみ》を見て思い止まった。

「わかった。おまえさんの心底確かに見届けたぜ」

おけいは改めて一礼をして去って行った。

その後ろ姿に微塵《みじん》の翳《かげ》りも見られなかった。

「兄い、どうだ?」

「あの娘は本心から間宮さまの子であると信じきっているようだ。だが」

平助が続けた。

「おくにって女にどんな魂胆があるかだな」

「じゃあ、そろそろおくにに会いに行くか」

「いや。もう一調べしてからだ」

平助は歩き出してから、

「明日にでも、以前、おけいが母親と住んでいたという長屋に行ってみよう」

翌日、両国橋を渡り、回向院の前を通った。掛け小屋や水茶屋などもあって、西詰めに負けないぐらいに賑《にぎ》わっている。

　おけいもこの辺りにある水茶屋のどこかで働いていたのであろう。

　亀沢町に入ると、おけい母娘が住んでいた長屋はすぐにわかった。

　雑貨屋の脇にある路地木戸を入り、とば口にある大家の家を訪ねた。

　頭髪の薄い大家は煙管を持ったまま、佐助の問いかけに答えた。

「ふたりがここに越して来ましたのは十年ぐらい前。それまでは母親のお品さんの故郷相模にいたそうでございます」

「なぜ、相模から江戸に出て来たのか。その理由をきいたことはないか」

「いえ、ありません。ただ、何か事情があるような感じでした」

　話の合間に煙管を口に運び、大家はうまそうに煙草《タバコ》をすう。

「ここでの暮らしは？」

「母娘で細々と仕立ての仕事をしておりましたが、母親が床に臥せってから、おけいさんは回向院前の水茶屋に働きに出るようになりました」

　茶屋の看板娘だったと言う。

「母親を一生懸命に看病してましたが、とうとう亡くなってしまいました。お弔いが済んだあと、おけいさんはここを出て行ったんでございます。なにかと母娘の面倒をみていたおくにさんというひととの世話でございます」

「そのおくにだが、母娘とはどういう関係だったのだね」

「母親に昔世話になったことがあると言っていました」

「おくには何をやっている女だね」

「以前は料理屋で働いていたそうで、ここに来るときは地味に装っていましたが、色気は隠せませんでした。たぶん、誰かの世話になっているひとではないかと」

「妾《めかけ》か。その他に母娘を訪ねてくる者はいたかね」

「いえ、いなかったように思います」

　ここでのふたりの暮らしは穏やかなものだったようだ。

「母娘について何か気づいたことはなかったかね」

「いえ、ありません。あっ、いや」

「なんだね」

「はい。これは長屋の者も知っていることですが、おけいは武士の娘として恥ずかしくない躾《しつけ》をしておりますと母親が言っていたのです」

「武士の娘？」

「はい。それ以上詳しいことは申しませんでしたが、そう言われてみれば、おけいさんもどこか気品が見られました」

「うむ」

　佐助はそのあとで、長屋の女房たちから話を聞いたが、大家の話と大差はなかった。

　長屋を出た。

「どうやら、周囲の者はおけいは武士の娘と見ていたようだな」

平助が眉をひそめた。

「やっぱし、おけいの身のこなしに町人とは違う何かがあったのだろうか」

佐助が言い、

「それより、相州から江戸に出て来たのはやはり、いつかは名乗り出ようとしていたからだろうか」

「そうかもしれねえな。母親が娘の将来の身の振り方を考えて江戸に出て来たのであろう。おそらく、江戸に来てから母親はどのような手立てで名乗り出るか、そのことを探っていたかもしれぬな。しかし」

と、平助は続けた。

「おくには昔母親に世話になったと言っているらしいが、それだけで親身になって世話をしているとは思えねえ。やはり、おくにの旦那って男がどう絡んでいるかだな。そろそろ、おくにに会ってみるか」

再び回向院の前を通り、両国橋を渡った。

天気がよいので富士山や目を転じれば遠く筑波の山影が望める。大川には船が繰り出している。

さっきから熱い視線を感じているのは行き交う女たちが佐助に向けているのだ。そのことを意識しながら、佐助は気取ってふたりの子分を従えて行く。

ここから入谷まで少しある。両国橋を渡ってから、神田川を新シ橋で渡り、三味線堀に向かった。

やがて、先日五人組の侍が出て来た旗本屋敷に差しかかった。門は閉じられ、ひっそりとしていた。

なにしろ、被害に遭った旗本が体面を慮って口をつぐんでいるので実際の被害がどの程度なのか見当もつかない。ただ、被害に遭った屋敷は相当あるとみていい。

武家屋敷町を抜けてからやがて下谷を抜けて入谷にやって来た。

角に松の樹のある道を折れて行くと、やがてぽつんぽつんと小粋《こいき》な家が現れた。通り掛かった商人ふうの男に訊ねると、おくにの家を教えてくれた。

黒板塀の小粋な家だ。格子戸を開けて、奥に向かって声をかけた。

婆さんに続いて、三十前後の艶《つや》っぽい女が出てきた。いや、もう少し歳《とし》はいっているのかもしれないが、若く見える。名乗っても、別に驚いた様子はないのはおけいから話を聞いて、すでに佐助たちがやって来ることを予期していたからに違いない。

「おけいちゃんのことですね」

おくにはにこやかな表情で切り出した。

「あたしとおけいちゃんの母親は昔、料理屋でいっしょに働いていたことがあるんです。といっても、あたしはまだ十五歳で下働きの女中、おけいちゃんの母親は仲居として働いていましたけどね」

「じゃあ、花川という料理屋か」

「そうです。あの当時、おけいちゃんの母親にはずいぶん世話になったんですよ。去年、偶然に再会して」

聞かれる前から、おくにはよく喋った。

「おまえさんは、おけいの父親のことを知っているのか」

「お品さんから聞きました。そういえば、あの頃、お侍さんと仲良くしているのを見かけたことを思い出し、やはりそうだったのかと納得しました」

「そのお侍は花川の客だったのかえ」

「いえ、花川の客ではなかったようです」

「そうか」

佐助は気を取り直して、

「当時、おけいの母親を贔屓《ひいき》にしていた三十過ぎの商家の若旦那ふうの男がいたと思うが、覚えちゃいないかえ」

「あたしは、さっきも言いましたように、下働きでしたからね。どんなお客さんが来ていたかわかりません」

「ちょっとききてえが」

平助が口をはさんだ。

「当時、働いていた仲居で、他に誰か知らないかえ」

「覚えちゃいませんね。なにしろ、下働きでしたから」

「それにしちゃ、おけいの母親とは親しくなっていたじゃねぇか」

「それは、あのひとがとてもいいひとだから」

おくにはよどみなく話す。

「ところで、おまえさんがおけいちゃんの後ろ楯《だて》だと考えていいのかえ」

「後ろ楯だなんて。おけいちゃんは自分のことは自分でしますと言うので、あたしは何もしていませんよ。ただ、何かあったら相談に乗るからと言ってありますけど。それが、昔お世話になったおけいちゃんの母親へのご恩返し」

「わかった」

佐助はふと思いついて、

「失礼だが、おまえさんはここにひとりで？」

「親分さんの目はごまかせやしませんからはっきり言いますよ。あたしは囲われております。でも、その旦那とおけいちゃんのことは一切関係ありません」

「旦那の名は教えてはもらえませんかえ」

「これは私の一存でやっていること。旦那に迷惑をかけるのは本意じゃございませんので、名は申し上げられません」

おくにはきっぱりと言ったあとで、

「旦那。おけいちゃんのことはどうなんですか。間宮さまは我が子とは認めようとしないんでしょうか」

と、探りを入れてきた。

「いや。はっきり親子だとわかれば会うだろう」

入谷からの帰り道、佐助は重たい気分になった。

「どうやら、おけいは間宮さまの子に間違いないようだな」

「だが、どうもおくにって女は気にいらねえな」

「なにがだ?」

「下働きでいたのに、料理屋のことはあまり知らない。なのに、おけいの母親とのことはやけに詳しい。なんか匂《にお》うぜ」

平助はおくにへの疑問を投げかけた。

「じゃあ、あの女の言っていることは嘘」

「いや、全部が嘘というわけではあるまい。それに、おくにが嘘をついていようがいまいが、おけいと間宮さまが親子ではないということにはならない。ただ、おくにの旦那が何も関与してねえというのは考えられねえ」

「おくにが旦那の名を明かさないのも怪しい」

「うむ。その旦那ってのを確かめたほうがよさそうだ」

「どうするんで?」

「夜になったら、あの家を見張るんだ」

「えっ、見張る？　そこまでしなきゃならねえのか」

佐助は露骨に顔をしかめ、

「井原の旦那だって、こっちのほうは適当にやっていればいいって言っていたじゃねえか。俺っちのやっていることは何も佐平次親分のやることじゃねえ」

「そうだぜ。兄い。これは佐助の言うとおりだ。家を見張ったって、男がいつやって来るかわからねえじゃねえか。それより、たまには居酒屋で一杯やっていかねえか」

次助も哀願するように言う。

「まあ、親分は佐助だ。佐平次親分が決めな」

平助が下駄《げた》を預けるように言った。

佐助は戸惑った。もちろん気持としちゃさっさと家に帰りたいが、さりとてこのまま何もしないで引き上げることに負い目を感じないでもない。

こういうときにいつも困るのだ。ふつう親分に子分がふたりいれば、こういう役目を子分に命じることが出来る。しかし、佐助がふたりの兄にそこまでやらせるわけにはいかない。それに、もしその役割には誰が適任かといえば佐助自身に他ならない。

一番年下の俺がやるのが順当なところだろうが、あいにく俺は親分なのだ。

「兄いはどっちでもいいのか」

佐助は平助にきいた。

「ああ。どっちでもいい。従うぜ」

佐助は迷った。おけいの顔が過《よぎ》り、間宮庄右衛門の顔が浮かぶ。もし、おくにの旦那というのに何らかの魂胆があるのならそれを見届けなければならない。それより、おけいのことだ。このままでは、あの娘のためにならないような気もする。

「わかった。あの家を張ろう」

佐助は決意を口にした。

「待てよ。そんなことをしたって……」

次助が反論するのを、

「おけいの背後にいるものが、おけいを使って間宮さまに何かを企てているとしたら、それを阻止するのは佐平次の役目だ。それより、ほんとうに親子なら、すっきりした形で親子の対面をさせてやりたい」

「よく言ったぜ、佐助。いや、佐平次親分」

平助が微かに笑った。

「だが、三人で見張る必要もねえ」

「じゃあ、俺がやる」

佐助が名乗り出た。

「ばか野郎。親分がそんな真似をするか。次助じゃだめだ。図体《ずうたい》がでか過ぎて目立つからな」

「じゃあ」

佐助は目を丸くした。

「ああ、俺がやる」

「そんな。兄いにそんな真似をさせられるか」

「そうだ。兄い。図体がでかくたってなんとかなる。俺がやる」

次助も驚いて言い返す。

「ここは俺が一番適任だ。おめえたちは家で待っていろ。何時になるかわからねえからな。場合によっちゃ夜明かしになるかも」

「兄い」

「じゃあ、ここで別れるぜ」

平助が引き返して行ったあと、急に心細くなった。それは次助も同じようだった。

「兄い……」

次助の呟く声が聞こえた。

平助の去った方角を見つめながら、そのまましばらく立ち竦んでいた。

長谷川町の家に帰っても気は沈み放しだった。

平助がいないことが心細かった。次助もいつもなら、腰を揉《も》め、と言い出すところだが、なぜかしゅんとしている。

夕飯が終わり、夜も更けて行く。今頃、平助はひとりで暗がりに身をひそめてあの家を見張っているのだろう。そのことを想像するだけで、胸が痛くなる。

五つ（八時）の鐘をだいぶ前に聞いた。まだ、平助が戻る気配もない。

「次助兄い。何考えているんだ」

佐助はきいた。

「別に。おめえは？」

「何も」

なんでもいい。何かを喋っていないと、胸に穴が空きそうな気がした。

ふたりとも平助のことを考えているのはわかりきっていた。

「なあ、兄い。もし、平助兄いが自分のやりたいことをやりたいと言ったらどうする？」

「どうするって、どういうことだ？」

「平助兄いは、俺たちのために自分のやりたいことを犠牲にしてきたんだ。今からでも遅くなかったら、兄いにそっちに進ませてやりたいと思って……」

なぜか、語尾が小さくなった。

「そうだ。兄いはほんとうは何かやりたいことがあるんだ。間違いねえ。だけど、俺たちがいるから出来ねえんだ。俺だってそのくらいのことはわかっている」

次助が悲しそうな顔で言う。

「いつまでも、平助兄いを俺たちの犠牲にしていちゃ可哀そうだ。平助兄いがいなくても俺たちだけでやっていけるなら」

平助には侍になる口があった。御家人《ごけにん》の養子の話があったのを、平助は断った。それから、十七歳ぐらいのとき。平助は同じ長屋に住む職人の娘と恋仲になった。所帯を持つ話し合いまで出来ていて、結局平助は娘と別れたのだ。やはり、佐助たちがいるからだ。

平助はどの道に進もうが一角の人物になると、周囲からは見られている。事実、岡っ引きの仕事をやらせてもその才能の片鱗《へんりん》を見せている。だが、佐助の後塵《こうじん》を拝するだけだ。自分を犠牲にして、弟を立てている。実際には血の繋がらない弟なのに……。

「次助兄い。これからふたりで生きていかねえか。もう、平助兄いを俺たちから解放してやりてえ」

「佐助の言うとおりだ。いつも兄いに甘えて」

次助もしんみり言う。

だが、そのためには自分がしっかりしなければならない。正直、ひとりで生きていく自信はなかった。それは次助も同じだろう。

再び、沈黙がこの場の空気を重くした。

そろそろ四つ（十時）になろうか。しかし、佐助も次助も起きていた。

そこに格子戸を叩く音がした。

ふたりは飛び上がって部屋を出ようとした。が、すぐ平助ではないと察した。平助なら黙って入って来る。

すぐに格子戸が開いた。気が抜けたように立っているところに、伊十郎が入って来た。

「旦那」

佐助は驚いた。伊十郎が戸を叩くとは珍しい。

「こんな時間だ。もう心張り棒をかって寝ているかと思ったぜ。おや、なんでえ、ふたりとも。腑《ふ》抜《ぬ》けた面をしやがって」

伊十郎は不思議そうな顔をした。

「うむ。平助はどうした?」

「入谷です」

「入谷だと? そんなところで何をしているんだ?」

「ちっ。間宮さまの件ですよ」

「えっ、どこですか」

「今度は番町だ。磯川主水《いそかわもんど》という殿さんと奥方、それに用人が殺されたって言うのに」

伊十郎はあぐらをかいた。

「えっ。歯向かったんで?」

「手込めにされそうになった奥方を助けようと、殿さんが斬《き》りつけた。殿さんも腕に覚えがあったらしい。だが、相手のほうが腕が立った。奥方も殿さんが斬られたあと、短刀で自害したそうだ」

「酷《ひど》い」

佐助が呻くように呟いた。

「奴ら。やりたい放題だ」

この強盗一味の件は奉行所でも無視出来なくなり、正式にお奉行より、探索の命令が下ったという。

「ただ困ったことは、被害に遭った屋敷の者たちは押込みの頭目をほんとうの武士だと思っているようだ。旗本か御家人の次男、三男の仕業ではないかと言い出す者もいる。もし、そうだとすると、ちょっと手が出しにくい」

「やっぱし、火盗改に頼るしかねえか」

佐助が言うと、伊十郎が睨み付けた。

「いいか。奴らが旗本屋敷を専門に狙っていたのは、体面を考えて泣き寝入りをすると計算してのことだ。ところが、もう被害に遭ったほうも、体面などと言っていられなくなった。これで、警戒が厳しくなれば、いつ狙いを商家に変えるかもしれねえ」

伊十郎は次助に顔を向け、

「喉《のど》が渇いたぜ」

「えっ。ああ」

次助が佐助の腕をつっついた。

佐助が立ち上がろうとすると、

「おい、親分に茶をいれさせるつもりか」

と、伊十郎が呆《あき》れたように言う。

「旦那。あっしでいいですよ」

佐助が立とうとするのを、

「何度言ったらわかるんだ。ふだんの生活から親分らしくしているんだ。そうじゃねえと、とっさのときにぼろが出てしまう」

「親分、あっしがやりますよ」

次助が立ち上がり、佐助の後ろを通るとき、佐助の背中を後ろ足で蹴った。

「痛え」

佐助は小さく呻いた。

伊十郎はじろりと睨む。佐助は何事もなかったかのように姿勢を正した。

次助が茶碗《ちゃわん》を持って来た。

伊十郎は受け取って口にした。

「なんだこいつは。茶じゃねえか」

とたんに激しい非難をした。

「だって、お茶だと」

「ばかやろう。気をきかせるもんだ」

「旦那。酒は切れてますぜ。なにしろ、旦那から貰う手当ては少ねえ。袖の下はもらっちゃならねえ。捜査のために必要な金は身銭を切らなきゃならねえ。これじゃ……」

「もう、いい」

伊十郎は茶を喉に流し込んだ。

「それにしても、平助は遅いな」

茶碗を置いて、伊十郎が気にした。

とたんに、佐助も心細くなった。次助も泣きそうな顔をしている。

「おい、平助はほんとうに、おけいのことで動いているのか」

伊十郎が渋い顔つきになった。

「そうですけど」

「おめえたちがそう思っているだけじゃねえのか」

「旦那。どういうことでえ」

「あの平助って男は並の男じゃねえ。何をやらしても図抜けている。奴はほんとうはおめえたちと別れ、ひとりで何かやりたいと思っているはずだ。そのことで、誰かに会いに行ったんじゃねえのか」

佐助は次助と顔を見合わせた。

「旦那。そうだろうか」

佐助は泣きそうな声を出した。

「わからねえ。だが、あいつが何かをやりたいと思っているのは紛れもねえ事実だ。おめえたちを足手まといに思っているのも間違いねえ」

伊十郎がそう言ったとき、

「いい加減なことを言わないでおくんなせえ」

と、障子の向こうから声がかかった。

「あっ、兄い」

佐助と次助が同時に叫んだ。

格子戸の音にまったく気づかなかった。

「旦那。あっしはこいつらに黙って抜け駆けするような真似はしやせんで。それに、こいつらといっしょにいると決めているんだ。よけいな当て推量はよしておくんなせえ」

「ふうん。平助。俺の目は節穴じゃねえぜ。まあ、いい」

伊十郎はあっさり引き下がった。

「兄い。で、首尾は?」

「案の定、男がやって来た。用心棒の浪人を連れていやがった」

「用心棒?」

「ああ。用心棒は途中で引き上げたから男は今夜はあの家に泊まるのだろう」

「で、男のことはわかったのか」

「中に忍び込んでふたりの話を聞いた。男は天津屋という店の旦那らしい」

「天津屋といえば、本石町にある紙問屋じゃねえか」

「明日の朝、そこで張ってみるつもりだ。そうすれば、その男が天津屋の主人かどうかわかる」

「そっちのほうに精を出すのもいいが、押込みのほうも頼むぜ」

伊十郎はあくびをして立ち上がった。


翌朝早く、佐助たちは本石町一丁目に向かった。

天津屋は奉公人の顔つきを見ただけでも繁盛している店だとわかった。佐助は店の周囲をそれとなく歩き回り、それから少し離れた場所にある同じ紙問屋に顔を出し、そこの白髪の主人に天津屋について訊ねた。

それによると、今の主人は娘婿の元手代《てだい》だった佐太郎という男で、先代は三年前に亡くなった。今のようにお店が大きくなったのも、今の主人が遣《や》り手だからだと話した。そう言う白髪の主人の顔が歪んでいたのは、天津屋を快く思っていないからのようだった。

お千代という妻に女の子がひとりいるらしいが、天津屋は先代の娘を邪険に扱っていると非難した。

再び天津屋を見通せる瀬戸物屋の角に立ち、店先を見張っていると、駕籠《かご》がやって来た。店の前に駕籠が停《と》まった。そして、中から三十半ばと思える男が出て来た。

「ゆうべの男だ」

平助が囁いた。

「じゃあ、おけいの後ろで糸を引いているのは天津屋なのか」

「そうかもしれねえな。奴がどんな人間か確かめねえと、奴の魂胆がわからねえ。これだけの大店だ。ひょっとしたら、藩御用達《ごようたし》の座を狙ってのことかもしれねえな」

天津屋が店に入ったのを確かめてから、佐助が通りに出ようとしたのを平助が腕をとって引き止めた。

「兄い。どうしたんだ?」

「あの男を見ろ」

頭に手拭《てぬぐ》いを載せ、煙草の行商の格好をした男が天津屋の消えた店の中を横目で睨みながら通り過ぎた。

「あの男がどうかしたのか」

「さっきも見かけた。どうも気になる」

佐助にはわからない。

「奴の足の運び。ただ者じゃねえ」

三十半ばの行商の男はそのまま通り過ぎて行った。

第三章　首謀者

一

　どこかの座敷から三味線の音が聞こえてくる。しかし、佐助たちが通されたのは納戸だ。隅には行灯《あんどん》や卓などが置いてある。

　きょうは池之端《いけのはた》にある料理屋に呼ばれたが、前回より待遇は悪い。

　部屋に入って来た間宮庄右衛門が襖《ふすま》を閉めてから、佐助たちの前に腰を下ろした。

「佐平次。ご苦労だ。あれから半月は経っているが、おけいのほうはその後何も言ってこない」

　間宮庄右衛門は膝《ひざ》を乗り出して、

「で、どうであった？」

「へえ。今のところ、おけいの話に怪しむような所はございません」

　うむと、間宮庄右衛門が唸《うな》った。

「やはり、わしの子なのか」

「いや。しかとは」

「どういうことだ？」

「当時、お品は花川に通って来ていた三十絡みの商人ふうの男と馴染《なじ》んでいたようなんです」

「すると、わし以外にもつきあっている男がいたというのか」

「へえ。場合によっちゃ、向こうのほうが本命だったかもしれやせん」

ふつうだったら不快になるところだろうが、間宮庄右衛門はたちまち安堵《あんど》したような顔になった。

「おけいはその男の子かもしれんのだな」

「へえ。ただ、おけいの父親は武士だと、お品は周囲の者に告げ、さらにおけいには間宮さまの子だと話しているのです」

「じゃあ、やっぱりわしの子なのか」

「ただ、母親はおけいのためを思って間宮さまの子だと告げたのかもしれません。それに、おけいの背後に天津屋という紙問屋の主人とその妾《めかけ》がいるのです。その者たちが何やら企《たくら》んでいるかもしれませんので、もうしばらく時間を頂きてえんです」

「わかった。なにしろ、わしの娘だったとしても、わしは何も出来んのでな。せいぜい金を出せる程度だ。はっきりわかったら知らせてくれ」

間宮庄右衛門は懐から懐紙に包んだものを差し出した。

「佐平次。これは手間賃だ」

「旦那《だんな》。あっしはそういうものを貰《もら》わねえんで」

後ろから次助が佐助の足をつねった。

（痛え）

顔をしかめると、間宮庄右衛門はちと不思議そうな顔をしたが、すぐに懐紙を差し出して、

「いや。今度の件はわしが私事で頼んだこと。御用の筋ではないのだから。さあ、受け取っておけ」

するとと横合いから、

「親分。間宮さまがせっかく仰《おっ》しゃってくださっているんですぜ」

と、次助が膝を進めて手を出した。

「ばかやろう」

佐助は叱《しか》ったが、間宮は、

「まあ、よい。佐平次、とっておけ。調べるには何かと入り用であろう」

と言い、立ち上がった。

間宮庄右衛門が出て行ってから、佐助たちも納戸を出た。

間宮庄右衛門はまた寄合だ。毎晩こうやって藩の金で呑《の》み食いをしていい身分だとうらやましい。

俺たちだって昔は美人局《つつもたせ》で稼いだ金でいいものを食べたりしたものだ。

きょうは食事の馳走《ちそう》はなかったが、金を貰ったので、次助もご機嫌だ。

「三両あったぜ。帰りにどっかでうまいものを食おうじゃねえか」

御成街道を神田川方面に向かいながら、次助が弾んだ声を出した。

「おれは鰻《うなぎ》が食いてえな」

佐助が言うと、次助も舌なめずりして、

「おう、いいな」

「あの金の意味はわかっているのか」

平助が冷たい声で言った。

「なんでえ、意味ってのは？」

「おけいを言い含めろということだ」

「えっ」

「間宮の御仁《ごじん》はおけいが実の娘かどうかは関係ねえんだ。どっちにしろ、おけいに因果を含めろ。そういうことだ。そのための手付けだ、その三両は」

「そんな」

「まあ、あの御仁はおけいとの件は金で済まそうとするだろう。その先棒を佐平次親分が担ぐことになるってことだ」

「冗談じゃねえ」

佐助は絶句した。

本来なら、おけいの味方をして実の父娘の名乗りをさせるのが、庶民の味方の佐平次の役割ではないか。それを、武士のほうに肩入れをして、おけいに因果を含める。そんなことが出来るはずはない。

「兄い。どうしよう」

佐助は泣きそうな声を出した。

「おけいが実の娘だと決まってからのことだ。まだ、そうとは決まっちゃいねえ。悩むのはまだ早い」

「これからどうするんだ?」

「そうだな」

神田川に差しかかった。

そのときだった。向こうから来た押田敬四郎と岡《おか》っ引《ぴ》きの長蔵に会った。もうひとり、初老の男がいた。

「おう、佐平次か」

「長蔵親分、なんだか急いでいるようだが、何かあったんですかえ」

「なあに、そんなんじゃねえ」

その間、押田敬四郎は連れの男を隠すようにしてすれ違った。

ふたりが先に行ったのを確かめて、

「じゃあな」

と、長蔵がそそくさと走り去って行った。

「なんだか妙だな」

佐助は押田敬四郎と長蔵の後ろ姿を見送った。いつもなら、厭味《いやみ》の一つや二つ、必ず言うのにきょうは逃げるように去って行った。

「何かあったな」

平助が眉《まゆ》を寄せた。

「いっしょにいた男。誰なんだ。中間《ちゅうげん》ふうにも思えるけど」

「中間と言えば、旗本屋敷……」

次助も首を傾《かし》げ、思い出そうとしている。

「長蔵が偶然出会ったという旗本屋敷の中間だ。確か、八助という名だと、井原の旦那が言っていた。その中間が知らせに来たってことは何かの手掛かりを教えて来たのに違いねえ」

平助は顎《あご》をこすりながら言う。

「確か、市ヶ谷にある堂本家だ」

「どうする、兄い。俺たちも行ってみるか」

「いや。行ってもだめだろう。こいつは長蔵たちに任すしかねえ」

「また、井原の旦那にお目玉か」

佐助が苦笑すると、次助は平然として言った。

「いや。仏の久兵衛の線がある」

「久兵衛はほんとうに信用のおける男なんだろうか」

流れる雲を見上げながら、佐助は呟《つぶや》いた。

二

ここまでやって来る途中、誰かにつけられているような気がしたが、振り返っても怪しい人間は目に入らなかった。

やはり気のせいか。田之助は弥勒寺の前を通り過ぎ、五間堀を越え、しばらく行ってからためしに急に踵《きびす》を返してみた。

職人ふうの男とすれ違っただけで、他に怪しい人間はいなかった。気のせいだったと、苦笑し、五間堀にかかる弥勒橋の袂《たもと》で待った。

やがて、町駕籠《まちかご》がついた。お千代が下りた。女中を門前の茶屋に待たせ、お千代はひとりで弥勒寺の境内に入って行った。

曇っていた空も、昼過ぎになってようやく陽《ひ》が射《さ》してきた。少し、時間を置いて、田之助は境内に入った。

本堂の横から墓地に出る。歩き回って、ようやくお千代の姿を見た。

お千代は立派な墓の前で手を合わせていた。風がなく、線香の煙がまっすぐ立ちのぼっていく。

田之助はゆっくり近づき、お千代の横に並んだ。

「旦那さん……」

田之助は墓前に額衝《ぬかず》いた。

長い間手を合わせた。

小僧の頃から目をかけてもらった旦那だった。まだ、死ぬような歳《とし》ではなかった。

ようやく顔を上げたとき、

「父は田之助はどうしているんだろうと気にしていました」

と、お千代がか細い声で言った。

「酔っぱらって川にはまってお亡くなりになったと聞きやしたが」

「はい。寄合に行ったきり、その夜帰って来ませんでした。そしたら、その次の日の朝、小名木川で死んでいるのが見つかったと」

田之助は信じられなかった。

立ち上がってから、田之助は改めてお千代に訊《たず》ねた。

「お嬢さん。佐太郎とはどうなっているんですかえ。さぞかししあわせに暮らしているだろうと思いきや、佐太郎には……」

外に女がいるとは言えなかった。

「お嬢さん。あっしの目には佐太郎はすっかり変わっちまったように思えました。どうなんですね」

「田之助さん」

お千代は静かに歩き出した。

「父は佐太郎を婿にしたことを後悔していたようです」

「それはほんとうで？」

胸が抉《えぐ》られるような痛みが走った。

（佐太郎の野郎）

佐太郎にあとを託すのではなかったと、田之助は臍《ほぞ》をかんだ。

佐太郎とは同じ時期に丁稚《でっち》奉公に入り、いっしょに仕事をしてきた仲間であった。田之助は早くから二親と死に別れ、佐太郎も母親だけで父親はなく、同じような境遇のせいか兄弟以上に親しくなった。

朝早く起きてからの水汲《く》みから掃除、夜は皆が寝てからふたりで読み書きを覚えた。田之助がわからないところがあると、佐太郎は根気よく教えてくれた。一つの饅頭《まんじゅう》を二つに分け合って食べた。藪入《やぶい》りに里帰りする他の奉公人たちを横目に、田之助は店に残ったが、佐太郎は自分の実家に田之助を誘ってくれるのだ。佐太郎の母も、田之助にはよくしてくれた。

辛《つら》くてもお互いに励ましあって、やがてふたり揃《そろ》って手代《てだい》になった。

そんなふたりにとってまぶしい存在がお千代だった。年頃になると、ますます磨きがかかったようにお千代は美しくなった。

お千代のお供で外出することが、ふたりの最大の楽しみだった。お千代に認めてもらいたい。そんな思いからふたりは仕事に精を出した。

それから幾年かして、番頭から夢のような話を聞かされた。旦那が、お千代の婿に田之助か佐太郎を考えているようだというのだ。

てっきり、どこぞの商家から養子を貰うものと思っていたので、ふたりは有頂天になった。

が、やがてふたりが微妙な関係になったことに気づかされた。以前のように打ち解けて話すことが出来なくなったのだ。どちらかが美しいお千代の婿となり、天津屋を継ぐのだ。選ばれるのは田之助か佐太郎か。

仕事の能力では佐太郎のほうが上だった。ただ、お千代は田之助のほうに好意を持ってくれているようだ。

だんだん、佐太郎との関係がぎくしゃくしだした。もう佐太郎とは以前のような兄弟以上のつきあいが出来なくなる。そんな不安が芽生えはじめた。

そんなときに、ある事件があった。

お店の金、五両が紛失し、大騒ぎになったのだ。そして、盗んだのが佐太郎だとわかった。佐太郎は田之助の前で泣きながら訴えた。

「おっ母さんが病気で、薬代が欲しかったんだ。俺がお店を辞めさせられちまったら、おっ母さんがどうなるか……」

佐太郎の苦衷《くちゅう》を察してやった。

佐太郎がお千代のことを恋い焦がれていることは知っている。ふたりのうちどちらかを選ぶというのはある意味では残酷な仕打ちだった。

田之助は天津屋の娘婿の座と友情とを秤《はかり》にかけ、友情を選択した。佐太郎の母のことも考えたのだ。もし、佐太郎が店を辞めさせられたら母親は悲しみのあまりに病が重くなってしまうかもしれない。あんないい母親を悲しませたくない。田之助はそう思ったのだ。

「わかった。佐太郎。俺がやったことにする」

「なんだって」

「俺が五両を盗んだことにする」

「そんなことをしたら、おまえはどうなるんだ?」

「お店を辞めさせられるだろう。佐太郎、約束してくれ。お千代さんを必ずしあわせにすると」

「田之助。おまえにそんな真似《まね》をさせられるか。俺がしたことだ」

「ばかやろう。そんなことをしたら、おっ母さんは嘆き悲しむぞ。自分のために息子を犠牲にしてしまったと自分を責めるに違いない」

「田之助。すまない、このとおりだ」

田之助の手をとり、佐太郎はぼろぼろ涙を流した。

友情を選択するということに酔っていたのかもしれない。田之助は旦那に名乗り出た。

旦那は目を剝《む》き、体をぶるぶる震わせて怒った。お千代の落胆も激しいものだった。旦那は内輪で事を収め、町方には通報しなかったが、田之助は店を辞めさせられたのだ。

あれから十年。幸せな家庭を築いていると思いきや、お千代は辛い日々を送っている。

佐太郎は俺との約束を破りやがった。

「ちくしょう。許せねえ」

怒りに満ちた顔に不安を覚えたのか、お千代があわてて言った。

「待って。どこへ」

「佐太郎に会って来る」

「やめて」

「なぜですか。お嬢さん。今、しあわせですかえ」

お千代は俯《うつむ》いて唇を嚙《か》んだ。

「あっしはお嬢さんをこんな目に遭わせるために身を犠牲にしたんじゃねえ。佐太郎は俺との約束を破ったんだ」

「田之助さん。あのひとは今は天津屋の主人なのです。私の夫なのです」

その言葉が胸にぐさりと突き刺さった。

「お嬢さん。知っていなさるか。奴は外に女がいる」

田之助はつい口走った。

「知っています」

啞然《あぜん》として、お千代の顔を見た。

「わたしと所帯を持つ前から女遊びをしていたようです」

「なんだって」

まさか、と田之助は頭を殴られたようになった。

あのときの五両。病気のおっ母さんの薬代だと言っていたが、ほんとうは女に使ったのではないか。

田之助は愕然《がくぜん》とした。

佐太郎はずっと俺を騙《だま》していたのか。この十年で変わったのではない。佐太郎はもともとそんな人間だったのか。ちくしょう、それを見抜けなかった俺はなんとばかなんだと、自分を激しく責めた。

「お嬢さん。すまねえ。旦那にも申し訳ねえ。俺がばかだったんだ。お嬢さん、きょうあっしと会ったことは佐太郎には内密に」

「あっ、田之助さん」

田之助は一目散に駆け出した。

歩き疲れて、目に飛び込んだ居酒屋に飛び込み、田之助は酒を呑みはじめた。店に入ったときはまだ明るさが残っていたが、今は外は真っ暗だ。その間、客は何組も入れ代わっていた。

だが、田之助は夕方からずっと呑み続けていた。いくら酔っても胸をかきむしりたいほどの怒りと後悔は収まりそうもなかった。

つまんだ徳利は空だった。

「酒だ」

田之助は怒鳴った。

「お客さん。もう、これでおしまいですよ」

若い娘が顔をしかめて徳利を持って来た。

田之助はそれを丼《どんぶり》に空けた。

娘から追い出されるように店を出た。足はふらついているが、神経は冴《さ》えていた。胸にどす黒く張りついた屈託は消えてはくれなかった。

ふらふら歩きながら、田之助は櫓下に向かった。

取り返しのつかないことをしたという後悔の念に田之助の胸は押しつぶされそうになっている。

(お嬢さん、すまねえ。旦那、許してくれ)

田之助は無意識のうちに苦悶《くもん》の声を発していた。

気がつくと、堀沿いを歩いていた。対岸は冬木町らしい。すると、この堀は仙台堀か。道を間違えたかと思ったとき、ふいに地を蹴《け》る足音を聞いた。

とっさに危険を察知した。田之助は無意識のうちに土手下の暗がりに転がり込んだ。白刃が一閃《いっせん》したのを目の端にとらえながら川っぷちまで転がって行った。

やっと止まった体を起こそうとして、うっと唸《うな》った。土手を転がるとき、体のあちこちを打ちつけたらしく、手足や背中に痛みが走った。

草むらにはいつくばって、土手の様子を窺《うかが》う。

提灯《ちょうちん》の灯が揺れている。探しているようだ。目の前に拳大《こぶしだい》の石があるのに気づいた。それを握り、思い切り川の遠くに投げた。

間を置いて水音がした。腰を屈《かが》めながら、田之助は横にそっと移動した。草むらを踏みつける音がする。敵が水音のした川のほうに下りてきたのだ。

やはりひとりではない。敵はふたりいた。ふたりとも侍のようだ。ひとりが提灯を川面《かわも》にかざした。

奴《やっ》らは、田之助が川に飛び込んだと思ったようだ。

酔っていなければ飛び出して行って、奴らの正体を探ってやるところだが、今は無理だ。立つのさえおぼつかない。

川面に向かっていた提灯がふいにこっちに向かってきた。

「気取られたか」

田之助は覚えず身を固くした。

侍の顔は暗くてわからない。が、佐太郎に雇われた浪人か。

田之助は懐の匕首《あいくち》を摑《つか》んだ。が、もう一方の手が無意識のうちに小石を摑んでいた。それを思い切って遠くに放《ほう》った。しばらくして、微《かす》かに水音がした。

いきなり提灯の侍が踵を返した。

草を踏んで行く足音が遠ざかった。田之助は素早く立ち上がり、土手に駆け上がった。

つけられていると思ったのは錯覚ではなかったのだ。しかし、佐太郎が俺のことに気づいたとは信じられない。

まさか、駒次郎か。あり得ると思った。どこかで田之助の姿を見かけたということは十分に考えられた。

しかし、そうであれば好都合だ。探す手間が省けるというものだ。

ようやく櫓下に辿《たど》り着き、敵娼《あいかた》の染太郎の部屋に入ったとたん、酔いと疲労からだらしなく寝入ってしまった。

染太郎には今夜は泊りだと告げていた。

そのまま田之助は朝まで起きなかった。目覚めたとき、染太郎はいなかった。

腹這《はらば》いになって、自分で長煙管《キセル》に火を点《つ》けた。

天津屋を辞めてから田之助は上州高崎に向かった。天津屋の取引先で、田之助を可愛《かわい》がってくれた主人を頼って行ったのだが、田之助の顔を見て露骨に迷惑顔をされた。

五両を盗んで辞めさせられた話が伝わっていたのだ。言い訳は出来なかった。したところで、信用してもらえそうにもなかった。

路頭に迷った田之助はとうとうひとの物に手をつけてしまった。一度、盗みに手を染めると、二度、三度となり、度重なるうちに何の抵抗も感じなくなった。

しかし、田之助が盗む金といったら高が知れていた。あるとき、盗みに入った先でへまをやらかして役人に追われた。それを助けてくれたのが七化けの半蔵という盗賊のおかしらだった。

半蔵はある藩に仕える武士の子だったが、父が何らかの罪をかぶせられて切腹。お家も絶えてから盗人《ぬすっと》の世界に入ったという。一時旅役者の一座に入っていたことから扮装《ふんそう》が得意で、どんな人間にも化けてしまうという特技を持っていた。

そのときで四十前で、押し出しのいい男だった。

その子分にいたのが駒次郎だ。田之助より二つ、三つ年上だったが、威張っている男だった。剣術の腕は半蔵をしのぐほどになっていた。

七化けの半蔵一味は当時十人近くいた。大名の家老と家臣になりすまし、宿場町を荒らし回っていたのだ。

だが、決してひとを殺したりはしなかった。半蔵は相手を騙して金を奪うのだが、駒次郎はそんなまどろっこしいことにうんざりしていたようだ。それに江戸に出たがっていた。駒次郎は江戸の生まれらしい。

だんだん駒次郎は、半蔵を無視して勝手な振る舞いをするようになってきた。そして、仲間を江戸に誘った。田之助にも駒次郎の誘いがあったが、一蹴《いっしゅう》した。そんな駒次郎の勝手な振る舞いに半蔵は駒次郎を叱責《しっせき》した。素直に聞いている振りをしていたが、駒次郎は陰で舌を出していたのだ。

ちょうど一年前のことだ。田之助が半蔵の使いで出かけた佐野から帰って来ると、半蔵の姿がなかった。妾の小夜もいない。

駒次郎ら一味数人の姿もなかった。ひょっとしたら駒次郎は賛同する者だけで江戸に発《た》ったのかと思った。駒次郎の息のかかったものとは久八、伝助の他にふたり。一方、半蔵の姿が見えないのは小夜とふたりで黙ってどこかへ行ったのかとも思った。

半蔵は宿場外れに住んでいた。三日経ち、五日経ち、田之助が仲間を探していると、半蔵の家の裏手にある雑木林の中で半蔵の死骸《しがい》が見つかったのだ。土中に埋められていたのを野良犬が掘り起こしたらしい。

妾の小夜も殺されているかもしれないと思い、一帯を調べたが、小夜の死体は発見されなかった。

半蔵の弔いを出したあと、小夜が駒次郎と出来ていたらしいという噂《うわさ》が耳に入った。小夜は駒次郎について行ったのだとわかり、田之助は怒りに震えた。

ついに、田之助は江戸に向かった。二度と戻るまいと決めた江戸へ足を踏み入れたのは半蔵の仇《かたき》をとるためだ。

だが、その江戸で待っていたのは佐太郎の裏切りだった。

再び、先程の襲撃者のことを考えた。さっきは駒次郎に見つかったと思ったが、襲ってきたのは知らぬ浪人者だ。駒次郎であれば、自分か仲間にやらせるだろう。

すると、やはり佐太郎の仕業か。しかし、なぜ、佐太郎は俺のことを知る事が出来たのか……。そう思ったとき、あっと覚えず呟いた。

肝心なことを忘れていた。仲買の仁兵衛の伜《せがれ》仁助のことだ。

仁助は果たして無事に江戸を離れたのか。まさか、佐太郎の手に落ちたのではないか。

佐太郎は仁助をつかまえ、助けに入った男のことを聞き出したのかもしれない。仁助は俺のことを田之助だとは知らないが、佐太郎にはその男が田之助であるとわかったのではないか。そう思うと、それに間違いないような気がした。

仁助はどうしただろうか。無事でいるのか。

考え事をしている間に、煙草《タバコ》の火は消えていた。

煙管を投げ出して、仰向けに倒れた。

襖が開いて染太郎が入って来た。

「起きていたの」

染太郎が枕元《まくらもと》にやって来た。

「ずいぶん酔っぱらっていたのね」

上から顔を覗《のぞ》き込んで、詰《なじ》るように言う。

「まだ、頭が重いぜ」

「ずいぶん苦しそうだったわ」

「苦しそう？」

「うなされていたもの」

「そうか。迷惑をかけちまったな」

「誰だって辛いことがあるもの」

染太郎は寂しそうに笑った。

「今何刻《なんどき》だ？」

「そろそろ四つ（十時）近いんじゃないかしら」

「いけねえ。そんな時間か」

勢いよく起きたが、田之助は頭を押さえた。

「急に動くとまだ頭の中が疼《うず》きやがる」

「もう少し、休んでいったら」

「そうもしていられねえ」

田之助は立ち上がった。

仁助のことが心配だった。

三

その日の夕方、源兵衛橋にやって来た。仏の久兵衛との約束の日だ。

きょうは久兵衛が先に来て橋の欄干に寄り添って待っていた。得意そうな顔なのはいい情報が入ったからだろう。

佐助の顔を見ると、久兵衛はにやりと笑った。猿みたいな顔だが、笑うと案外と愛嬌《あいきょう》のある顔になった。

「何かわかったようだな」

「さあ」

「なんだ、ただじゃ教えねえって顔だな」

佐助は眉をひそめた。

「それだけいい情報が入ったってことだ」

「仏の久兵衛さん」

平助が久兵衛の前に出た。

「なんだね」

久兵衛はとぼけた顔で応じる。

「おまえさんの旧悪は茂助父っつあんから一切聞いているぜ。おまえさんをお目溢《めこぼ》ししたのは茂助父っつあんだが、俺たちはそんな約束をしちゃいねえ。今からでも、てめえをふん縛って、手柄にすることは出来るんだ」

「げっ、なんだと」

平助の恫喝《どうかつ》に、久兵衛が顔色を変えて震《おど》え上がった。

三人で美人局をしていたころ、相手を威すのは平助の役目だった。恫喝には年季が入っている。

「ば、ばかな。茂助親分から佐平次は信頼出来る男だからと言われて会ってやったんじゃねえか」

「そうだ。俺たちも仏の久兵衛は信頼に値する男だと聞いている。だが、金で取引するとは聞いちゃいねえぜ。茂助父っつあんからも一々金をとっていたのかえ」

「いや」

「そうだろう。俺たちは茂助父っつあんの跡を引き継いだんだ。だが、おまえさんが約束を破って阿漕《あこぎ》な真似をするならこっちだって考えなくちゃならねえんだ」

「待てよ。俺は何もそんなつもりじゃねえ」

　久兵衛は顔をしかめた。

「じゃあ、素直に教えてくれ」

「わかったぜ」

　何か俯いてぶつぶつ言っていたが、久兵衛はやっと顔を上げた。

「いろいろ聞き回ってわかった。十七、八年前。江戸に大名の家来の名を騙《かた》って大店《おおだな》から金を騙し取っていた一味がいたそうだ。大店のほうも、賄賂《わいろ》として差し出した金なので騙されたと気づいても泣き寝入りするしかなかったそうだ」

「なんという奴だ？」

「七化けの半蔵っていう盗賊だ。江戸を荒らし回って危うくなる寸前に江戸を離れたってことだ」

「大名の家来か。今回の奴は旗本になりすましている。似ているな」

「だが、違うのは七化けの半蔵は決してひとを殺《あや》めなかったそうだ」

「半蔵は当時で幾つぐらいだ？」

「三十を一つか二つ出たか出ないか。今、五十近いだろう」

「違うな」

あの者たちは五人ともそんな歳ではない。頭巾《ずきん》を被《かぶ》っていたので顔は見ていないが、体の動きからみて、せいぜい行っても二十半ばまでだろう。

「半蔵が江戸を離れてどこへ行ったか、噂はないのか」

「必要なら調べてみるぜ」

久兵衛が口許《くちもと》を歪《ゆが》めて言った。

「どうやって調べるんだ？」

再び、平助が横合いから口を出した。

久兵衛は露骨に顔をしかめ、

「裏稼業の者たちに聞いてまわるのよ。奴らだってただじゃ話しちゃくれねえ。だから金がかかるんだ」

と、つんと顎を突き出して言う。

「久兵衛さん」

平助がにやりと笑った。久兵衛がびくっとした。

「大名の家来になりすまして大店を騙しているとしちゃ、七化けの半蔵の名は当時の盗人仲間に知れていたんじゃねえのかえ」

「まあ、そうだろう」

久兵衛は渋い顔で答えた。

「じゃあ、久兵衛さんともあろうお方が七化けの半蔵の噂を聞いちゃいなかったってのは納得出来ねえな」

「何が言いたいんだ?」

久兵衛がむっとしたように身構えた。

「いってえ、七化けの半蔵の名を誰から聞き出したんだね」

「そんなネタ元は言えぬ」

「そうだろう、言えるはずはねえよな。やい、久兵衛」

再び、平助が鋭い声を発した。

久兵衛は首を竦《すく》めた。

「てめえ、最初から半蔵のことを知っていて、隠したな」

佐助は驚いて、平助と久兵衛の顔を見比べた。

「仏の久兵衛として、その名を轟《とどろ》かせた名うての盗人が、七化けの半蔵の噂を一度たりとも聞いたことがねえっていうのは妙じゃねえか。てめえは、最初から知っていて、俺たちにはもったいぶって教えなかった。いや、苦労して探り出した振りを装って金をせびろうとしたな」

　久兵衛は蒼白《そうはく》な顔で固まっている。

「今もそうだ。半蔵が江戸を離れてどこへ行ったか調べてみると言っていたが、そんなもの調べるまでもねえ。知っているんだ。えっ、どうだ。やい、久兵衛。ここまで佐平次親分をなめやがって」

　平助がちらっと佐助に目をやった。目顔で何を知らせたのか、佐助はとっさに理解した。阿吽《あうん》の呼吸だ。

「平助。もういいだろう。仏の久兵衛さんにもいろいろ事情があろうからな」

「でも、我慢にも限度がありますぜ。親分がいくら寛大でも、こうまで虚仮《こけ》にされたんじゃ……」

「いいや、いいんだ。茂助父っつあんの顔を立てて、こんどだけは目を瞑《つぶ》ってやろう」

「親分がそう言うなら」

　平助はあっさり引き下がった。

「どうだね。久兵衛さん、半蔵のことで知っていることを教えちゃくれないか」

「へえ」

　ようやく久兵衛が緊張を解いたが、まだ口をもごもごさせている。

「おい、どうなんだ。まだ、話さねえのか」

「よせ。平助」

まさに兄弟、息の合った呼吸だ。

「今、話すところだ」

ぶるっと体を震わせてから、久兵衛は威厳を保つように胸をそらした。

「もう十年以上前のことだが、半蔵を上州高崎で見たって奴がいた。ただ、見かけただけだが、おそらく半蔵に間違いないと言っていた。その後は消息を聞いたことはない。ほんとうだ」

「その他に、半蔵のことで何かないかえ。なんでもいい」

「なにも知らねえ」

久兵衛がふと思い出したように頷《うなず》いた。

「そういえば、半蔵には江戸に馴染みの女がいたと聞いたことがある」

「馴染みの女?」

「半蔵はさんざん通って自分のものにしたようだが、その女が身籠《みご》もり、江戸を発つ前に相当の手切れ金を渡した。そんなことを、誰かが言っていたのを思い出した」

「その女の名前はわからねえのか」

佐助は覚えず声が上擦った。

「そこまでは知らねえ。どうせ、半蔵の子分がぽろりともらしたのを聞いていた誰かが仲間に話したのだろうが、そいつがどこまでほんとうかどうかはわからねえ」

久兵衛の言うことに偽りはなさそうだ。

思わぬところから、事態は思わぬ方向に進んだ。

「久兵衛さん。よく話してくれた。こいつは礼だ」

間宮庄右衛門からもらった金の中から一両を気前よく渡すと、久兵衛は信じられないような顔つきで佐助から平助に顔を向けた。

「まあ、これからも長いつきあいだ。何かあったら、また教えてもらうよ」

平助は笑いながら久兵衛の肩を叩《たた》いた。

呆気《あっけ》に取られている久兵衛を残し、佐助たちは吾妻橋《あづまばし》に向かった。

「兄い。なんだか俺たちが井原の旦那から威されていることを、そのまま久兵衛に返しちまったようだな」

佐助はなんとなくきまり悪い感じだった。

「なあに、久兵衛って奴はそんなことでへこむようなやわな男じゃねえ。俺たちが考えている以上にしたたかな人間だ」

平助が見透かしたように答えた。

「それより、兄い。七化けの半蔵の馴染みの女はお品だったんじゃねえのか」

佐助は神経を昂《たかぶ》らせてきいた。

「おう、そうだ。間違いねえ」

次助も興奮している。

「おそらくな」

平助だけは相変わらず冷静だった。

「おけいは半蔵の子だったのだ」

佐助が叫ぶように言う。

「だが、まだ証拠はねえんだ」

吾妻橋に差しかかった。

「でも、どうして、お品の母親は間宮さまの名を出したのだろう」

次助が疑問を出した。

「それだ。同じ時期につきあっていたとしても、女にはどっちが父親かわかるんじゃねえのか」

佐助が応じる。

「二通りが考えられる」

立ち止まって、平助が欄干に寄ったのは行き交うひとの耳を憚《はばか》ったからのようだ。

川面を覗《のぞ》くように欄干に寄り掛かり、

「まず、間宮さまがほんとうの父親だということ。もう一つは、お品が嘘《うそ》をついたってことだ」

「おけいにか」

「そうだ。自分は先に死んで行く。ひとり残される娘のためには実の父親は半蔵なんかではなくれっきとした武士なんだと思い込ませたかったのだろう。たとえ、間宮さまが認めなくともいいんだ。自分の父親がまともな人間なんだと思えば、生きて行く上で勇気が出るってもんだ」

頷き、佐助も欄干に手をかけ、かなたの夕闇《ゆうやみ》に浮かび上がる富士に目をやった。

「親ってのはそういうものなのだな」

佐助は自分の母の最期のときを思い出した。

苦労しっぱなしで病の床についた母は愚痴一つこぼさず、死ぬまで優しさを失わなかった。

だが、母は佐助の実の父親のことは何も語らなかった。いや、語ろうとしなかった。

枕元に平助と次助を呼び、

「佐助を頼みます」

と何度も哀願しながら、母は死んでいった。

「佐助。おっ母さんのことを思い出したんだな」

ふと滲《にじ》んだ涙を拭《ぬぐ》ったのを平助に見られたのだ。

「別に」

「おめえがそんな顔をしているのはおっ母さんのことを思い出しているときだ」

「佐助。おっ母さんのことを思い出すのはおめえだけじゃねえ。俺だって思い出すんだ」

図体《ずうたい》のでかい次助が涙声で言う。

夕焼けは濃くなり、富士の稜線《りょうせん》が黒く浮き上がっている。

「平助兄い」

佐助は呼びかけた。

「なんだ」

「おっ母さんが最期に言った言葉が兄いを縛っているんじゃねえのか」

「なんのことだ？」

「兄い。とぼけないでいい。佐助を頼むと、おっ母さんは兄いたちに言い残したんだ。そのことがあるから、兄いはやりたいことを諦《あきら》め、足手まといの俺の面倒を見てくれているんだろう」

「佐助。まだ、そんなこと思っていやがるのか」

呆《あき》れ返ったように、平助が顔をしかめた。

「兄い。おっ母さんの頼みなんて聞く必要はねえ。兄いは自分のやりたいように生きてくれ。俺のことなんて考えなくていい」

「ちっ。つまらねえ感傷を抱きやがって。俺はおっ母さんから頼まれたからおめえたちといっしょにいるんじゃねえ。おめえたちといっしょに生きていきてえからいっしょにいるんじゃねえか。なにを寝ぼけたことを言っていやがる」

嘘だ、と喉元《のどもと》まで出かかった。

「兄い。無理しないでくれ」

次助も口を入れた。

「どうしたんだ、ふたりとも。おめえたちは、夕焼けを見るたびにおかしくなるな。そんなつまらねえことなど考える暇があったら、七化けの半蔵と五人組との繋《つな》がりでも考えろ。さあ、行くぜ」

平助はさっさと歩き出した。

「兄い。どこへ行くんだ。おけいのところか」

吾妻橋を下り、駒形のほうへの曲がり角をそのまま広小路《ひろこうじ》のほうに向かったので、佐助はきいた。おけいの住む浅草六軒町までさほど離れていない。

「あの娘は純粋に間宮さまを父親と思っているだけのようだ。だが、半蔵のことを何か聞いているかもしれねえ。それに、天津屋やおくにという女の関係をもう少し詳しく聞いてみてえ」

「わかった」

薄暗くなって、雷門前に出ている葦簾《よしず》張りの店や露店などは店仕舞いを始めているが、まだ人ごみは多い。

ふと雷門に目をやると、仲見世から出て来た男がいた。遊び人ふうの険しい顔つきをしている。その男が激しく咳《せ》き込んだ。苦しそうなので、佐助は心配になって様子を窺った。場合によっては介抱をしてやらねばならないと思ったのだが、治まったらしく、男は再び歩き出した。

男が佐助の視線に気づいた。それから、男は平助と次助にも目をやった。男の顔色が一瞬変わったように思えた。

が、すぐに何事もなかったかのように男はそのまま表参道のほうに歩いて行った。

「気になるな」

平助も気づいていたようだ。

すぐ男のあとをつけた。表参道の両側の町は並木と言い、料理茶屋や土産物屋などが並んでいる。

男は人ごみにまぎれた。途中で駆け出した。つけられていることに気づいたというより、初めから用心していたといった感じだった。

「ちくしょう」

佐助は地団駄を踏んだ。

「何者なんだ」

次助が歯嚙みをして言う。

「だが、逃げてくれたおかげで奴の見当がついたぜ」

平助が静かな声で言った。

「何者だ?」

「奴は最後に次助を見て、目を剝いた。俺たち三人連れとどこかで出会っている。暗がりでも、三人連れのひとりが大男だったという印象は強かったのだろう」

「どこで会っているんだ?」

次助がきく。

「まさか、あの五人組？」

佐助が言うと、平助は頷いた。

「そうとしか考えられねえ。あの五人の中のひとりに違いねえ」

「惜しいことをしたな」

「なあに、侍じゃねえってことがはっきりしただけでもめっけものだ」

三人はそれから六軒町へと急いだ。

木戸の外に次助を待たせ、おけいの住む長屋の路地に入って行くと、どの家も夕食の最中らしく、中から笑い声が聞こえて来る。

働きに出ていた父親が帰って来ての一家団欒《だんらん》の食事だ。そういう暮らしの記憶が佐助にはない。

でも、母と兄弟三人との夕飯は粗末な食事であっても楽しかった。いけねえ、どうしてきょうはおっ母あのことが思い出されるのだと、思いを振り切るように深呼吸をしてからおけいの家の腰高障子を叩いた。

はい、と中から声が聞こえた。

すぐに戸が開いて、おけいが顔を出した。

「親分さん」

年頃の娘らしく、佐助を見て少し照れたような表情をした。

「夜分にすまねえな。ちょっといいかえ」

「はい、どうぞ」

佐助と平助は土間に入った。

「夕飯は終わったのかえ」

「終わりました。今、お茶をいれます」

「いいんだ。すぐ帰るから」

だが、おけいが長火鉢の鉄瓶から湯呑みに茶をいれてくれた。

「安物のお茶ですけど」

「すまねえな」

上がり框《かまち》に腰を下ろして、佐助は湯呑みを摑んだ。平助は立ったまま湯呑みを持った。

「うめえお茶だ」

一口すすってから、佐助が言った。

「ああ、うめえ」

珍しく、平助も応じた。

「親分。心がこもっているからですぜ」

「まったくだ」

佐助が応じると、おけいははにかんだように俯いた。

「おけいさんは天津屋さんを知っているかえ」

湯呑みを置いてから、佐助は切り出した。

「はい。仕立てのお仕事を紹介していただいています」

「なるほど。どういうきっかけで天津屋さんとは？」

「おくにさんの紹介です。今度のことも天津屋さんが応援してくださっていると聞いています」

おくには関係ないと言っていたが、やはり天津屋は関《かか》わっているのだ。

「ところで、おっ母さんから上州高崎の話を聞いたことはあるかえ」

「いえ、聞いたことはありません」

「半蔵という名を聞いたことは？」

「半蔵……」

おけいは遠くを見る目つきをした。

「そういえば、確か一度、半蔵さんという御方が訪ねて来たことがありました」

「ほう、それはいつ頃のことだね」

「私が十歳ぐらいだったと思います」

「そんとき、半蔵さんはおけいちゃんに何か言っていたかえ」

「よく覚えちゃいませんが、私のことをじっと見つめていたのを覚えています。それから、そのひと、おっ母さんにお金を渡していました」

「ほう、お金を？　おっ母さんにどういう金だときいてみたのかえ」

「ええ。そしたら、お父っつあんに頼まれて来たって。お父っつあんのことは何も教えてくれなかったんですけど、そのときだけおっ母さんはお父っつあんのことを口にしました。でも、どういうひとかは言いませんでしたけど」

「その後、半蔵さんはやって来たかえ」

「いえ。ただ、それから一、二年してから半蔵さんの使いの者だというひとがやって来ました。たぶん、お金を届けに来たのだと思います」

半蔵はときたま生活費を母娘に送っていたのだろうか。

「その使いで来た男というのはどんな感じだったかえ」

「三十前だと思いますけど。落ち着いて渋い感じのひとでした。そうそう、耳の下から頬《ほお》にかけて傷があったのを覚えています」

「頬に傷か」

佐助は平助と顔を見合わせた。


その夜、長谷川町の家に帰り、おうめ婆《ばあ》さんが用意をしてくれた晩飯を食べ、おうめ婆さんが帰ったあと、いつものように次助の腰を揉《も》まされていると、格子戸を乱暴に開ける音がした。

次助はすぐに跳ね起きた。開け方で、伊十郎がやって来たことがわかる。

佐助はわざとらしく両手の指を交互に揉んでいる。次助が睨《にら》み付けた。そこに、伊十郎がぬっと現れた。

「指をどうした？　また次助に腰を揉まされていたわけじゃねえだろうな」

次助はあわてて、

「とんでもねえ。佐助は佐平次親分ですぜ。親分に向かってそんな真似は、とんでもねえ。なあ」

と、横目で佐助を睨み付けた。

「そんなことより、長蔵の奴が五人組のひとりをとっつかまえたぜ。今、大番屋で取り調べている」

「えっ。ほんとですかえ」

佐助が素《す》っ頓狂《とんきょう》な声を張り上げた。

平助も読んでいた書物から顔を上げた。

「誰です、そいつは？」

「浪人だ。神田相生《あいおい》町の長屋に住んでいる。ときたま、賭場《とば》に出入りしている。とりあえず、大番屋に行ってみるんだ」

「えっ、俺たちもですかえ？」

「当たりまえだ。長蔵たちに先を越されて黙っていられるか。その浪人の口から仲間のことが出るかもしれねえんだ」

伊十郎は長蔵の名を出しているが、ほんとうは押田敬四郎に遅れをとるのが耐えられないのだ。

「仕方ねえ。行くか」

平助がすっくと立ち上がった。

長蔵が浪人を引っ張ったのは佐久間町の大番屋だった。だから、伊十郎が直々に佐平次の家に寄ったのだ。場所的に八丁堀からの途中になるからだ。もし、南茅場町の大番屋なら、別の者を使いに寄越しただろう。

伊十郎が必要なのは平助だけだとわかっていた。平助の頭脳だけを借りたいだけだが、平助だけを連れて行くわけにはいかない。平助の頭脳は佐平次のものなのだ。

大番屋に入って行くと、長蔵が得意気な顔つきで、

「おう、佐平次。やって来たのか」

と、胸を張った。

いやな野郎だと思いながら、

「長蔵親分。お手柄だそうで」

と、佐助は讃《たた》えた。

「ちょっくら、その下手人《げしゅにん》の顔を拝ませていただけやせんか」

「おう、いいだろう。今、向こうにぶち込んである」

佐平次の鼻を明かしたという満足感があるからか、長蔵は鷹揚《おうよう》に構えている。

奥の仮牢《かりろう》に行くと、顔を腫《は》らし、唇から血を出し、手足が傷だらけの侍がぐったりとな

りながらも柱に寄りかかって座っていた。拷問のあとだ。

歳の頃なら四十ぐらい。

「違う」

平助が囁《ささや》いた。

「どうして一味だと思ったのか、きいてみろ」

わかったと、佐助は目顔で頷いた。

伊十郎は入口の隅で気のせいか小さくなっている。佐助の日にはいじけているように思えた。

長蔵の所に戻って来て、

「どうして、あの者がわかったんですかえ」

と、佐助は押田敬四郎と長蔵のどちらへともなく訊ねた。

「堂本家の中間が知らせてくれたのだ」

やはり、そうだと、合点した。

「で、どうして中間が一味のことを覚えていたんですね」

「親分格の立派な羽織袴《はかま》の侍が奥方を手込めにするときに、奥方の手が頭巾にかかって少しめくれたそうだ。そのとき、若党が頬に傷跡があるのを見たそうだ。その傷のことを聞いた中間は頬に傷跡のある侍を探していたらしい」

「頬の傷？」

牢につながれている侍の頬に傷があったかどうか、俯いていたのでわからない。が、たぶんあるのだろう。

「しかし、そこに傷跡のある人間なんて他にもいるんじゃねえですかえ」

「もちろん、それだけじゃねえ。体つきもそっくりだったという。だから、駒形で見掛け、あとをつけて住いを確かめてから訴え出たってわけだ」

口許を冷やかに歪め、長蔵は浪人を見下すように眺め、

「仕事もねえくせに、奴は十両を持っていやがったんだ。その金の出所がはっきりしねえ」

上がり口では押田敬四郎が煙草をすっている。

「で、あの侍は白状したんですかえ」

「いや。しぶてえやろうだ。だが、もう一度締め上げれば、白状するだろうぜ」

「長蔵親分」

平助と目を見合わせてから、佐助は呼びかけた。

「仲間は？」

「仲間だと」

「あの侍は仲間らしき者たちと会っていたんですかえ」

「いや。その点は用心深い。怪しい仲間とは会ってねえ」

「あっしは違うと思いやすが」

佐助はきっぱりと言った。

「なんだと?」

長蔵が目を剝いた。押田敬四郎も顔色を変えた。

「やい、佐平次。てめえ、おれっちに手柄をとられるのがいやだからって、けちをつける気か。そんな理由だけで、悪党を見逃すなんてとんでもねえことだ。恥を知れ」

「いや、もう少し慎重に取調べをしたほうがいいと言いたいんですよ」

「佐平次も焼きがまわりやがったな」

長蔵は薄ら笑いを浮かべた。

「俺はな、五人組が押し入った直後の堂本屋敷に駆けつけているんだぜ。見くびるねえ」

「あっしたちも押込みを終えて引き上げるときの五人組に出会っているんですよ」

「なんだと?」

「あっしたちは五人組を見ているんですぜ」

「顔を見たってのか」

長蔵が焦ったようだ。

「顔は見ちゃいません。頭巾を被ってましたからね」

「じゃあ、何もわかっちゃいめえ」

「ですが、わかったことがありやすで」

「それは何だ?」

「その前に、あの浪人と話がしてえんですが」

「ふざけるな」

「牢屋送りまでして違っていたってことになったら、ちと拙《まず》いことになるぜ」

それまで黙っていた伊十郎が口をはさんだ。目に精気が蘇《よみがえ》っている。

長蔵はふと自信をなくしたような表情になり、押田敬四郎と顔を見合わせた。敬四郎は渋い顔で頷いた。

「ちょっとだけだ」

佐助は押田敬四郎にも会釈を送り、仮牢に向かった。

平助といっしょに浪人の前にしゃがんで声をかけた。

「あっしはおめえさんが押込みの一味だとは信じちゃいねえ。だが、運の悪いことに、一味のひとりと特徴が似ていたようだぜ」

浪人は顔を上げた。

「この傷か」

確かに頬に傷があった。

「なぜ、十両という金を持っていたか言うんだ」

「勘弁してくれ」

「なぜだ。言えねえ金なのか」

浪人は唇を嚙みしめた。

「だがな、このままじゃ疑いが晴れねえ」

「止《や》むを得ん」

「七化けの半蔵を知っているかえ」

「いや」

浪人は否定した。

「じゃあ、上州高崎にいたことはあるかえ」

「ない」

嘘をついているようには思えなかった。

「おまえさんに家族は？」

平助が小声できいた。

浪人は唇を嚙んだ。

「どうなんですかえ」

「家内に娘が……」

「おい、もうおしめえだ」

長蔵が声をかけた。

佐助と平助は浪人から離れた。

「どうだったんだ？」

待っていた伊十郎が様子をきいた。

「奴じゃありやせんぜ。でも、奴じゃねえという確たる証拠もありやせん」

「うむ」

伊十郎は満足そうに頷いた。

佐助が長蔵の前に行って、

「あの金の出所をもう一度よく確かめた上で牢屋送りにしたほうがいいですぜ。それから、いくら痛めつけたって口を割るような男じゃねえようですぜ」

佐助たちが大番屋を出ると、伊十郎も追ってきた。

「おい、佐平次。おめえ、何か摑んでいるな。何だ?」

「五人組は侍じゃねえからですよ。侍の格好をしているだけですぜ」

「なんだと。それはほんとうか」

伊十郎は平助に確かめた。

「間違いねえと思いやす」

「そうか」

伊十郎がにやついた。

「でも、わかっているのはそこまでですぜ」

「いや、長蔵たちがあわてる格好を思い浮かべるだけで小気味がいいぜ。佐平次、ご苦労だが、引き続き探索を頼むぜ。俺は大番屋に引き返す」

「ちっ、勝手なやろうだ」

大番屋に戻って行った伊十郎の背中に、次助が唾《つば》を吐いた。

四

田之助は入谷にある佐太郎の妾の家の庭に忍んでいた。夜になってから、ようやく涼しい風が吹いてきた。月はなく、徐々に漆黒の闇が田之助を包み込んでいた。

佐太郎がやって来るのを待っているのだ。先日の襲撃は佐太郎の差し金に違いない。仲買の仁助をつかまえ、口を割らせたに違いないと思うのだが、それをはっきりさせねばならない。

夜が更けてきた。雨戸から明かりが洩《も》れている。さっき、五つ（八時）の鐘がなった。まだ、佐太郎は来ない。

だいたい、佐太郎は三日か四日に一度、ここにやって来ているのだ。きのうまでの三日間やって来ていない。だから今夜は必ずやって来るはずだ。

用心棒の浪人もこの家まではやって来ない。狙《ねら》うにはここが一番いい。

土を踏む足音が聞こえ、やがてこの家の格子戸の開いた音がした。

「来た」

待ちかねていたので、田之助は覚えず声を発した。

田之助は縁の下にもぐり込んだ。もっと奥だ。床下を這う。やがて、女と男の声が微かに聞こえてきた。四半刻（三十分）の後、ふいに話し声が止んだ。

しばらくして、女の喘《あえ》ぎ声。田之助は縁の下から出て、この前と同じように雨戸を匕首《あいくち》の先で外して廊下に上がった。

微かな物音など気づかないのもこの前と同じだ。

田之助は喘ぎ声の聞こえる部屋に向かった。暗い廊下を行くと、荒い息づかいがはっきり聞こえてきた。

襖に耳を近づけた。そして、襖を少し開き、隙間《すきま》から覗く。

着物をかぶせた行灯の薄暗い明かりに、微かに男の裸の背中が見え、その下に裸の女。

そっと襖を開けて、ふたりの足元に近寄った。ふたりはお互いを貪《むさぼ》りあうことに夢中で、まったく気づいていない。

田之助は佐太郎の背後に立った。佐太郎の下にいる女が気づいた。信じられないものを見たように、目をいっぱいに見開いたまま声を出せないでいる。

女の異変に気づいたのか、佐太郎が動きを止めた。

「どうした？」

佐太郎が女に声をかけた。

「佐太郎、久しぶりだな」

田之助はどすの利いた声を出した。

はっとしたように、佐太郎が女から飛び退《の》いて振り返った。

「きさま、誰だ?」

「俺を見忘れたとは言わせねえぜ」

田之助は頬被りをとった。

「あっ、田之助」

「佐太郎。おめえ、よくこんな真似をしていられるな。お千代さんを泣かせやがって」

田之助は匕首を抜いた。

「待て。落ち着け、田之助。これにはわけがあるんだ」

佐太郎が両手を泳がせるようにして訴えた。

「うるせえ。やい、裸で見苦しい。身にまとえ。おっと、妙な真似をしたら、容赦をしねえぜ」

女は着物で前を隠して震えている。

佐太郎がやっと帯を締め終えたのを見て、

「佐太郎。よくも俺との約束を破ってくれたな。この礼はたっぷりさせてもらうぜ」

「待て。わけがあると言ったはずだ。聞いてくれ」

「何を言いやがる。てめえは仲買の仁助を問い詰め、俺のことを察したのだろう。それで、浪人を雇って俺を襲わせた……」

「待て。何のことだ。私はそんなことはしていない」

「しらっぱくれるのか」

「ほんとうだ。第一、おまえが江戸に戻っていることさえ知らなかったんだ」

「仁助はどうした?」

「あの者が一度私を殺そうと襲ってきた。用心棒の旦那が仁助をぶった斬《ぎ》ろうとしたとき、仁助の仲間が助けに……。あっ、じゃあ、あのときの男はおまえ」

佐太郎が初めて気づいたように悲鳴に近い声を張り上げた。

「ほんとうに、俺を襲わせていないのか」

「ほんとうだ。それに、あれから仁助は一度も私の前に現れない」

必死の形相に、偽りはなさそうだ。

「おめえはなぜ、用心棒を雇っていたんだ?」

「最近、妙な奴に狙われていたんだ。私も商売を広げるに当たってはかなり強引な真似をしてきた。仁助のように私を恨んでいる者もいる。だが、命まで狙われるとは思ってもいなかった。そんなわけで用心棒を雇っているんだ」

「いつからだ、それは?」

「半年ぐらい前かな」

「おめえはこの女とつるんでおけいという女を使って何か企んでいるようじゃねえのか。そっちの絡みじゃねえのか」

佐太郎は顔を歪めた。

「何をしようとしているんだ?」

「おけいは沢島藩お留守居役の間宮庄右衛門の娘だ。こいつが母親のお品と親しくしていたので聞いたことだ。橋渡しをし、うまく話をつけてやって、その代わりに沢島藩御用達《ごようたし》にしてもらおうというのが魂胆だ」

「うまくいくと思っていたのか」

「ほんとうに我が子だと認めるはずはない。証拠もないことだ。ただ、向こうも困るだろう。だから、私がおけいを説得すると、間宮庄右衛門どのと取引をしてもいいのだ」

「ふうん。てえした悪党だな、てめえも」

「商売には手段を選ばぬだけだ」

「そんな人間だと知っていたら、てめえなんかにお嬢さまを渡しはしなかった。きっとしあわせにすると誓いやがったくせに」

寝《やっ》れたお千代の顔を思い浮かべ、田之助はまたも怒りが込み上げてきた。

「俺がどんな思いで身を引いたと思っているんだ。俺はおめえを実の兄弟のように思っていたんだ。おめえのすべてを信じていたんだ。てっきり、しあわせに暮らしていると思いきや、おめえはこんな女を囲い、お嬢さんはあんなに寠れちまって」

田之助は匕首を握りしめた。

「待て。田之助。聞いてくれ。違うんだ。聞いてくれ」

「ごまかそうって言うのか」

「違う。そうじゃねえ。私だって、おまえとの約束だけじゃなく、お店のためにもお千代のためにも精一杯頑張ろうとしたんだ。だが、所帯を持ったものの、お千代は私に一度たりとも心を許さなかった」

「いい加減なことを言うな」

「嘘じゃない。私とお千代は同じ屋根の下に暮らしながらまったくの赤の他人だ。あいつの心の中にはおまえが棲《す》みついていたんだ。あいつは、知っていたんだ。おまえが私の身代わりになって身を引いたことを」

「お嬢さんが」

「それで、私のことを恨んでいたんだ。だから、あいつは最初から私のことを拒んだ。そうと知った私はお千代との暮らしに夢を持つのを諦《あきら》めた。その代わり、店を大きくして見返してやろうと思ったんだ。だから、どんな阿漕な真似もしてきた」

「だが、子どもも出来たじゃねえか。子どものことを思えば夫婦仲良く……」

「あの子どもは私の子じゃない」

佐太郎は肩を落した。

「なんだと」

「だってそうだろう。私はお千代の体に指一本も触れちゃいないんだ」

「じゃあ、誰の子なんだ?」

「わからない。一時芝居見物だとか称していろいろ出かけていた。そんときに知り合った男だろう。私に復讐《ふくしゅう》をするために、堂々と子どもを産んだに違いない」

「出鱈目《でたらめ》だ」

「そう思うんだったら、自分でお千代に確かめてみろ」

信じられなかった。あのお千代がそこまでするだろうか。佐太郎の作り話だ。そう思おうとしたが、佐太郎が偽りを述べているようにも思えなかった。

田之助は横で震えている女に目をやった。いつの間にか襦袢《ジュバン》を身にまとっていた。

「おめえはこの佐太郎が好きなのか。それとも、天津屋の旦那だからついているのか」

「このひとが一文なしになったら、あたしがやしなって上げるわ」

その目に強い光をたたえていた。

「私は仕事一途《いちず》でやって来た。ようやく店を大きくしたとき、私にはいっしょに喜んだり泣いたりしてくれる女がいないと気づいた。孤独感に押しつぶされそうになったとき、こいつと出会ったんだ」

田之助は佐太郎を睨み付けた。佐太郎が見つめ返す。佐太郎を見ているうちに、若い頃が思い出されてきた。

冬の朝、夜の明けきらぬうちから起きて水汲みや掃除をしていると、佐太郎もいっしょになって手伝ってくれた。ふたりでいっしょに読み書きを覚えたり、藪入りのときには佐太郎の母親の家に泊まりに行った。

そういったことが思い出されてくる。田之助はだんだん自信が揺らいできた。

あのとき盗んだという五両もほんとうに母親の薬代に使ったのだということは疑いよう

もなかった。今から思えば、お千代のほうが偽りを述べたのではないか。

「どうやら俺の負けのようだ」

田之助は首を横に振った。

「田之助。私はおまえにはすまなかったと思っている。だが、あんとき、やはりおまえが天津屋に残るべきだったのだ」

「今になっては手遅れだ」

「いや。もし、おまえにその気があるなら私は天津屋を出て行ってもいい。そうすれば、お千代も昔のような女になるだろう。私はこいつと暮らす」

「俺にはもう商売なんて出来やしねえ。それに、そんな気はさらさらねえ。ただ、このままじゃよくねえ」

「わかっている。わかっているが、どうしたらいいのかわからない」

佐太郎の声は震えを帯びていた。

「佐太郎。この十年は俺をすっかり変えちまったんだ。俺はもう昔の俺じゃねえんだ」

「田之助。今何をやっているんだ？　おまえがどうしているか、ずっと気になっていたんだ」

「また、出直すぜ」

「田之助、待て」

佐太郎の呼び止める声を無視して、田之助は外に出た。細い月の乏しい明かりが僅《わず》かに路上を照らしている。

あの襲撃者は佐太郎ではなかった。だとすれば、相手は駒次郎しか考えられない。田之助が入谷田圃を行きかけたとき、前方に黒い影が浮かび上がった。本能的に、田之助は脇の草むらに身を隠した。

幸い気づかれなかったようだ。目の前を三人の遊び人ふうの男たちが行き過ぎた。駒次郎の仲間かもしれないと思ったが、そうではなかった。が、暗がりでも、危険な感じの男たちだとわかった。

男たちが行き過ぎてから、再び歩き出した。すぐ近くに吉原の明かりが見える。しばらく行ったとき、はたと足が止まった。さっきの連中の行き先が気になったのだ。

田之助は身を翻した。

佐太郎の妾の家にやって来ると、庭の門が開きっぱなしだった。突然、女の悲鳴。田之助は庭から廊下に駆け上がった。

三人組のひとりが匕首を佐太郎の胸に突き刺そうとしていた。

「やめろ」

田之助が怒鳴ると、三人はぎょっとしたように振り向いた。

その隙に、佐太郎は逃れ、女をかばうように部屋の隅に逃げた。

「俺が相手だ」

田之助は匕首を抜いた。

三人とも凶暴な顔をしていた。喧嘩《けんか》馴《な》れしていそうな連中だ。だが、田之助もこの十年近く半蔵から剣術を仕込んでもらってきた。

背のひょろ長い男がつり上がった目を鈍く光らせて、匕首をひょいと突き出した。

それを簡単にかわすと、さらに続けざまに突き出してきた。何度目かに突き出してきたのを匕首で弾《はじ》き返すと、相手の顔色が変わった。

「この野郎」

闇雲に突っ込んで来るのを横っ飛びに避けながら、突き出してきた相手の右腕に匕首の切っ先を走らせた。

短い悲鳴を上げて、相手が匕首を落とした。

残りのふたりがいっせいに匕首をかざして迫ってきた。田之助は小柄な男の攻撃を身をかわして避け、すぐにもうひとりの中肉中背の男の懐に飛び込み、相手の匕首を持つ手首を摑んでひねった。

「痛てえ」

男が匕首をぽとりと落した。

間髪を入れず、男を突き飛ばし、小柄な男が背後から襲ってきたのに足蹴をすると、男は仰向けに吹っ飛んだ。

「てめえたち。いってえ、誰に頼まれたんだ」

起き上がりかけた小柄な男の喉に匕首を突きつけ、

「誰に頼まれた？　言え」

「知らねえ奴だ」

「嘘つくな」

匕首に力を込めた。

「やめろ。ほんとうだ。天津屋の主人を殺《や》れば五両ずつくれるという約束だ」

「どんな奴だ」

「商家の旦那ふうだ。頭巾をしていたから顔は見ちゃいねえ」

「いつから狙っている？」

「ひと月あまりになる」

「なぜ、ここを襲った？」

「いつも浪人がついていて手出しが出来なかった。ここなら、用心棒もいないと聞いたんだ」

「誰に聞いた？」

「頭巾の男だ」

「もう行っていいぜ。もし、二度と天津屋を襲ったりしたら俺が許さねえ」

「わかった」

三人はそそくさと逃げ出した。

田之助は佐太郎たちの前に膝をつき、

「だいじょうぶか」

「掠《かす》り傷だ。すまない。助けてもらって」

しかし、佐太郎は強張《こわば》った表情で田之助を見ている。

匕首を仕舞いながら、

「驚いたかえ。これが今の正体よ」

と、田之助は自嘲《じちょう》気味に呟いた。

「信じられない。あの田之助が匕首を振り回すなんて。この十年どうしていたんだ。私はほんとうにおまえのことを忘れたことはなかった。嘘じゃない」

「江戸を離れ、高崎に向かったんだ。ほれ、高崎に天津屋の取引先があっただろう。あの旦那を頼って行ったんだ。何かあったら高崎まで訪ねて来いって言ってくれていたんでな」

田之助は遠い日のことがついこの間のように思い出されてきた。

「だが、行ったら迷惑顔をされたよ。五両盗んだって話が伝わっていたんだ。それから日雇いの仕事をしながら、その日暮らしをしていたが、仕事もなくなり、どうしようもなくなってひとの物を盗んでしまった。そんなときに半蔵という盗賊のおかしらに拾われたんだ」

「盗賊……」

「それしか生きていく道がなかったんだ。俺はもう堅気の暮らしは出来ねえんだ」

「すまない。田之助にそんな苦労をさせてしまって」

「二度と戻るまいと決めていた江戸に戻ったのは、別の用件だった。そしたら、偶然におめえを見かけたってわけだ。まさか、こんなことになっていようとは……」

「すまない、田之助」

「過ぎたことよ」

行きかけてから、田之助は振り向いた。

「あの連中はもう二度と襲わねえと思うが、雇い主は別の殺し屋を使うかもしれねえ。今までのように用心棒を雇っておくんだ。それから、ここも危ねえ。このひとをどこかへ移してやるんだ」

「わかった」

「あとのことは俺に任せろ」

「待て。江戸に来たのは別の用件だと言っていたけど、何をするつもりなのだ?」

佐太郎が不安そうな表情できいたのは、その用件が危険なものではないかと思ったからか。

「さっき話した半蔵親分が手下に殺されたんだ。俺はその仇をとるために江戸にやって来たってわけさ」

田之助は厳しい顔になって、

「所詮《しょせん》、俺はそういう生き方しか出来ない人間になっちまったってことだ」

「田之助……」

佐太郎が絶句した。

外に出ると、家の周辺に怪しい人影のないのを確かめてから夜道を引き上げた。

翌日の昼過ぎ、田之助は天津屋に行った。佐太郎は帰って来ているだろう。千代に会って確かめたいことがあった。どうやって、千代に連絡をとろうかと店先を見ていると、空駕籠がやって来た。

きょうも暑い日だ。しばらくしてお千代が出てきた。番頭や女中に見送られて駕籠に乗り込んだ。田之助がおやっと思ったのはお千代の雰囲気がいつぞやと違うからだ。血色がよく、生き生きとしているように思えた。

まさかと思った。駕籠が出発すると、田之助はあとをつけた。

商家の庭に、鯉《こい》のぼりがはためいている。もうじき、端午の節句だ。

駕籠は小伝馬《こでんま》町を過ぎた。どうやら両国方面に向かっているようだ。行き交うひとは多いが、駕籠は巧みにひとの合間を縫って行く。

相手は駕籠だから気づかれる恐れはなかった。駕籠は両国広小路のほうに向かわず、そのまま浅草御門を抜けて蔵前方面に向かった。

ひょっとして浅草まで行くのかと思ったら、茅《かや》町を過ぎてから右に折れた。隅田川のほうだ。

やはり、そうかもしれないと疑いが確信に変わっていった。

ゆうべ、佐太郎と別れたあとで、いろいろなことを思い返してみた。まず、佐太郎が狙われているという件だ。

いったい誰が狙っているのか。確かに、仲買の仁助のように、佐太郎を殺したいほど恨んでいる人間がいるのも事実だ。

だが、商売上の怨《うら》みから殺しに走る人間がそれほどいるだろうか。よしんばいたとしたら、佐太郎は自分を狙う相手に見当がつくのではないか。

佐太郎自身が誰に狙われているのかわからないのだ。だから、用心棒を雇ったのだ。

駕籠は柳橋河岸に向かっている。船宿がたくさん並んでいる場所に差しかかった。そして、とある船宿の前で止まった。『福富家』とある。

田之助は隣の船宿の塀の陰から福富家の様子を窺った。お千代が駕籠からおりた。船宿から女中が出てきた。お千代が何かを言ったようだ。女中は笑みを浮かべてお千代を中に案内した。

お千代はここで誰かと会うのだ。もちろん、相手は男だ。もう来ているのか、それともこれからか。

田之助はじっと待った。お千代が出て来るまで待つつもりだった。お千代が着いてから四半刻（三十分）ほどして商家の旦那ふうの恰幅《かっぷく》のよい四十絡みの男が船宿に入って行った。

あの男か。これから中で何が起きるか想像し、田之助は落ち着きをなくした。

これが現実なのか。田之助は信じられなかった。やりきれなかった。

ふと昔が蘇る。お琴、お花の稽古《けいこ》、それに芝居見物など、田之助と佐太郎は交替でお千代のお供をした。お千代は愛くるしく可憐《かれん》な娘だった。あの当時の清らかさは今のお千代からは感じられない。

陽が傾き、隅田川の川面に屋形船や屋根船が浮かんでいる。さらに時間が経ち、辺りは暗くなって、船宿の軒行灯に明かりが灯った。

その間、船宿には何人もの客が入って行き、そして船にも乗り込んで行った。

ようやくお千代が出て来たのは暮六つ（六時）を大きく過ぎてからだった。空駕籠がやって来たので、もしやと思ったが、やはりお千代が出てきた。

お千代はこのまま帰るはずだ。田之助は相手の男の正体を確かめようとした。

しばらくして、もう一つの駕籠がやって来た。そこに乗り込んだのは、さっきの四十絡みの男だ。

間違いない、と確信した。

田之助はその駕籠のあとを追った。だが、その田之助のあとをつけて行く男がいることを知る由もなかった。

駕籠が着いた先は浅草東本願寺の大屋根が間近に見える阿部川町だった。男は小間物を扱っている『蓑屋《みの》』という小さな店に入って行った。

蓑屋の様子を窺っている田之助の影をじっと見つめている目があることに、田之助は気づいてはいなかった。

五

翌日の朝、佐助は天津屋を訪れた。焼けつく太陽に、佐助はここに来るまでに何度も手拭いで額の汗を拭《ふ》いた。

店に入り、番頭に主人への言づけを頼むと、待つ間もなく天津屋がやって来た。右腕に包帯をしていた。

「これは佐平次親分」

「俺を知っていたかえ」

「はい。親分の噂はかねがね。きょうはどんな御用で?」

窺うような目を向けたので、佐助はおやっと思った。右腕の怪我《けが》と何か関係があるのか。

岡っ引きが現れることに予想がついていたのだろうか。

「じつはおけいという娘のことだ」

「おけい?」

ああ、と天津屋は夢から覚めたような顔をした。

やはり、別の用件を考えていたようだ。

「ここでは何ですから、どうぞお上がりください」

天津屋はあわてて言った。

佐助は天津屋の客間に通された。

岡っ引き風情はせいぜい土間で小銭をつかまされて追い返され、あとから塩をまかれるのが落ちなのに、佐助が客間に通されたのは間宮庄右衛門の代理という立場から当然だとしても、決してそればかりではない。佐平次親分のよい評判はだんだん江戸市民に知れ渡ってきているからである。

妻女が茶を持って来てくれた。亭主の天津屋の顔を見ようともせずに、厳しい顔つきのまま引き上げて行った。天津屋も無表情だ。

佐助は男女の機微についてだんだんわかりつつあった。この夫婦は冷えているなと瞬時に察した。

「その傷、どうかしやしたか?」

佐平次がやって来たのはその傷の件だと思ったのではないか。佐助がそうききかけたが、

「これですか。ちょっと転びましてね」

と、天津屋は眉をひそめた。

「そうですかえ。気をつけなすって」

佐助は改めて、

「天津屋さん。おまえさんがおけいの後見と考えていいのですかえ」

と、本題に入った。

「後見といったほどのことではありませんが、私の知り合いの者から、おけいさんの話を聞き、ぜひお力になってあげたいと思ってのことでございます」

「もし、おけいが間宮さまの娘とはっきりしても、天津屋さんは間宮さまに何か頼みごとをするという腹はないというんですね」

佐助は口調は穏やかだが、鋭い目つきで天津屋を見つめた。

すぐに答えようとせず、天津屋は湯呑みに手を伸ばした。答えを探しているのか。

一口すすってから、天津屋は湯呑みを茶托《ちゃたく》に戻した。決心がついたのか、天津屋は険しい顔を向けた。

「じつは、最初はこのことを利用し、間宮さまに取り入って大津屋を沢島藩の御用達にしてもらえるようお力添えをいただければという考えを持っておりました」

天津屋は案外と正直に打ち明けた。

「でも、今はそんな野心はございません。ただ、おけいさんの身の立つようにしてやりたい。それだけでございます。ですから、私はこの件に関して表立ってしゃしゃり出て行くつもりはございません」

「ほう、どうして、そのような考えになったので？　おけいが間宮さまの所に顔を出してから、まだそう時間は経っていないが？」

「その疑問はごもっとも。一言で言えば、私はこの商売に飽いた、いえ、店を大きくしようとがむしゃらにやって来たことに虚《むな》しさを覚えるようになったのでございます」

「そんなことを考えるにはまだ若過ぎるじゃありませんか。何かあったのですかえ」

さっきの妻女の冷たい表情を思い出した。

「まあ、いろいろありましてね」

天津屋はほろ苦いような笑みを浮かべたが、すぐ真顔になって、

「で、おけいさんのことを間宮さまは何と?」

「はっきり言いやしょう。あっしは間宮さまから、おけいさんがほんとうに間宮さまの子であるかを確かめるように頼まれやした」

天津屋は頷く。

「だが、どうもおけいの実の父親は間宮さまと違うように思えます」

「まさか」

「いや。まだはっきりとわかったわけじゃねえんです。ですから、おけいには言わないでおくんなさい」

「はい、それはわかっておりますが、でもおけいさんの母親は間宮さまの名をはっきりと口にしたそうです」

「それはほんとうでしょう。つまり、母親がおけいに嘘をついたんですよ」

「嘘……」

天津屋は真剣な眼差《まなざ》しで、

「実の父親の見当はついているのですかえ」

「まあ」

「誰でございますか」

「天津屋さんを信用して言いやしょう」

佐助は天津屋が信用出来る人間だと思った。

「二十年近く前に江戸を荒らしていた盗賊の首領で、七化けの半蔵」

「なんですって。七化けの半蔵」

「おや、半蔵を知っているのかえ」

「いえ。私が知っているわけじゃありません」

天津屋は急に声を落した。

「じつは昔私といっしょに天津屋で働いていた田之助という男がおりました。この者が十年前、ある事情からお店を辞め、高崎に向かったのです。そこで、半蔵の子分になったと話しておりました」

「その田之助ってひとは今江戸に？」

「はい」

「どこに？」

「それが……」

天津屋は困ったような顔をした。

「住いを聞きそびれました」

「そうですかえ。じゃあ、今度、会う予定は？」

「わかりません。私の前に現れてくれるかどうか。ただ、お千代に会いに来る可能性はあります」

「内儀《おかみ》さんに、ですかえ。いってえ、内儀さんと田之助との関係は？　何か深い仔細《しさい》がありそうでございますね。よかったら話していただけやせんか。悪いようにはしません」

「はい」

天津屋はためらっていたが、ついに口を開いた。

「じつは、さきほど親分さんがお見えになったとき、てっきりこの傷のことで来られたのかと思ったのでございます」

そう切り出して、天津屋は一切を語った。お千代の婿になった経緯から、夫婦関係が成り立っていないことなど。天津屋の話を聞いたあと、平助がはじめて口を開いた。

「入谷の家に押し入った賊は、引き上げる田之助さんとすれ違ったのだと言いましたね」

「はい、さようで」

「その家に天津屋さんが入ったのが一刻（一時間）以上前。ということは、賊は天津屋さんのあとをつけていたわけではなく、その夜、天津屋さんがそこに行くことを知っていたってことになりやすね」

なるほど、と佐助は思った。

「その家に行くことを知っていたのは誰ですかえ」

「いいえ。私は誰にも話しちゃいません」

「天津屋さん」

佐助は声をかけた。

「内儀さんには男がいるんじゃありませんか。天津屋さんはそれを承知している？」

佐助は勘を働かせた。男と女のことになると、佐助は閃《ひらめ》きが早い。

「いいえ。はっきりとわかっているわけではありません。ただ、ときたま女中も連れず、ひとりで外出しているようです。おそらく、男に会いに行っているのだろうと思っているだけで」

「外出するときは駕籠で？」

「はい。神田鍛《か》冶《じ》町にある『駕籠常』という駕籠屋に頼んでいます」

天津屋は不審そうに答えた。

「わかった。悪いようにはしねえ」

佐助は平助を促して立ち上がった。

天津屋を出て、神田鍛冶町に向かった。

道すがら、

「天津屋の主人を襲わせたのは内儀の間夫《まぶ》かな」

と、佐助は小声できいた。

「天津屋が夜いなければ妾の家に行ったと考えることが出来るのは内儀だけだろう。田之助も、そのことに気づいたはずだ」

だとすれば、田之助はどう出るか。

それにしても、七化けの半蔵を知っている人間が今江戸に来ていることに驚きを禁じえないが、それ以上に半蔵が子分に殺されたことも衝撃だった。

行き交う人々の中には佐平次だと気づいて会釈をする者もあれば、熱い眼差しを向ける若い女たちもいる。

威厳を保ちながら、佐助は平助との会話を続けた。

「あの五人組は半蔵の子分たちかもしれねえ」

平助は強い語調で言ったが、続けて、

「だが、奴らの顔を知っているのは田之助だけだ。なんとしてでも、田之助を探し出すのだ」

そのためにも駕籠常の駕籠かきから内儀のお千代を運んだ場所を聞き出す必要があるのだ。

駕籠常はすぐにわかった。広い土間に、駕籠が幾つか置いてある。奥の座敷にたくましい男たちがたむろしていた。

佐助が入って行くと、女将《おかみ》が飛んできた。

「俺は長谷川町の佐平次ってもんだ」

「ええ、お噂はかねがね」

　女将はじっと佐助を見つめた。

「ちょっときさてえことがあるんだ。本石町一丁目の紙問屋の天津屋がここを使っていると聞いたんだが、そうかえ」

「はい。いつも呼んでいただいております」

「ときどき、内儀が駕籠を使っているようだが、内儀を乗せた駕籠かきに会いてえんだ」

話を聞いていたのか、奥から熊のような髭面《ひげづら》の男が出て来て、

「昨日、あっしが内儀さんを運びやしたが」

と、顔に似合わない甲高い声で言った。

「そうか。で、内儀さんをどこまで連れて行ったね。おっと、こいつは御用の件できいているんだ。内儀に内緒だと口止めされていても、話してもらいてえ」

「いえ、口止めはされちゃいません。柳橋の福富家という船宿です」

「福富家に入っていったのかえ」

「へえ。すぐ女中が迎えに出て来て中へ入って行きやした」

「わかった。ありがとうよ」

　亭主と反りの合わない内儀は誰憚ることなく、男との逢瀬《おうせ》を楽しんでいたようだ。

　それから柳橋に向かった。

　船宿は神田川をはさんで両側に並んでいるが、福富家は柳橋を越えた側にあった。

今度はあっさり答えてくれるはずはない。福富家を目の前にして、どうしたものかと悩んだ。

御用の風を吹かして聞き出すことは出来ない。それでは、そこらの岡っ引きと同じだ。佐平次は庶民の味方でなければならない。船宿は客の秘密を守らねばならない。それを破らせることは出来ない。

「兄い、どうする?」

ここで張っていて、お千代がやって来るのを待つという手があるが、それではいつになるかわからない。

「仕方ねえ。年増《としま》の女中にこっそり訊ねるんだ」

年増ということで佐助も察しがついた。佐助の美貌《びぼう》で相手の口を割れと言うのだ。

「わかった」

それから船宿から女中が出て来るのを待った。

やがて賑《にぎ》やかな声がして、福富家から女将らしき女に案内されて商家の旦那ふうの客が数人出てきた。芸者も混じっている。

河岸にもやってある屋形船に乗り込む。

「ちっ。豪勢なもんだぜ」

次助がうらやましげに言う。

「あの女がいいだろう」

見送りの者の中に、少し色っぽい二十七、八の女中がいた。

船が出て行ったあと、女将が先に引き上げ、別の女中も戻り、最後まで見送っていた女がやっと踵を返した。

「まあ、佐平次親分」

佐助はすぐに飛び出した。

女中が佐助に気づいて立ち止まった。

「おや、あっしのことを知っていてくれたなんて、うれしいぜ」

佐助は気取って応じる。

「一目でわかりましたよ」

女中が恥じらうような目を向ける。

「いいな。俺もこんな気持のときは船に乗って大川に出てみたいぜ」

「こんな気持って、親分さんにも悩みでも？」

佐助はぶらぶら歩き出すと、つられて女中もついてくる。柳の木の陰に入り、福富家から気づかれないようにした。

「そりゃ人間だ。悩みはあるさ。でも、俺のは御用での行き詰まりだ」

「まあ」

「おめえさんにきいても、おそらく教えちゃくれめえ。まあ、諦めて引き返すか」

「親分さん。なんですねえ、あたしでお役に立てることだったらなんでも仰《おっ》しゃってくださいな」

「いや。無理だ。きっと答えられねえ。いや、口止めされているだろうからな」

佐助がわざとため息をついてみせた。悄然《しょうぜん》とした自分の姿が母性本能をくすぐることを知っている。

「親分さん、いやですよ。話してくださいな」

女中が熱い眼差しを向けた。

「そうかえ。いや、答えられねえなら、遠慮なく言っておくれ。じつは、昨日、商家の内儀さんが遊びに来ただろう」

「は、はい」

女中は緊張した顔つきになった。

「その相手の男を知りたいんだが、おまえさんにきいても教えてもらえねえのは承知しているんだ。いいんだぜ、気にしなくて」

佐助がそう言ってさりげなく女中の肩に手を置いた。

「じゃあ、俺は引き上げる」

「待ってください」

女中が顔を上げた。

「私が喋《しゃべ》ったってことは内密にしてもらえますか」

「もちろんだとも」

「浅草阿部川町の小間物商の『蓑屋』さんです」

「すまねえ。姐《ねえ》さん」

佐助は女中の手をとった。

「いえ」

頬を染めて、女中が恥じらいを見せた。

福富家から誰かが出て来た。

「あっ、行かないと」

「すまなかったな」

去って行く女中に声をかけた。

平助と次助のところに戻った。

「わかったぜ。浅草阿部川町、小間物商の蓑屋だ」

「よし。どんな男か調べておくんだ」

きっと田之助はお千代を問い詰め、蓑屋のことを嗅《か》ぎ出すけずだ。必ず蓑屋と対決する。

平助はそう言った。

天津屋から聞いただけだが、田之助というのはそういう男だと平助は見たのだ。

柳橋から浅草阿部川町に急いだ。

浅草阿部川町は寺の多い町だ。蓑屋はすぐにわかった。小さな店先に扇、櫛《くし》、簪《かんざし》などが並んでいる。

それから自身番《じしんばん》に寄り、詰めていた家主から蓑屋の主人についてきいた。

「蓑屋さんは清太郎《せいたろう》といい、元は大店の倅だったそうです。店が潰《つぶ》れて、今は細々と小間物を売っております」

「歳は？」

「三十半ばかと」

「女房は？」

「おりません」

「どんな人間だね」

「見掛けは穏やかそうですが、お店を大きくすることに執念を燃やしております。そのためなら、なんでもやるという怖さがあるように見受けられます」

「なるほど」

蓑屋清太郎が天津屋の内儀に近づく。十分に考えられることだった。

第四章　恩誼の刃

一

格子戸を叩《たた》く音を夢現《ゆめうつつ》に聞いた。平助の声が聞こえ、佐助は目を覚ました。まだ、外は薄暗い。

格子戸の閉まる音。使いの者が帰って行ったのだ。平助が戻って来た。佐助は起き上がった。

「兄い、何かあったのか」

「五人組が現れた。今度は商家だ」

「商家」

「旦那《だんな》が呼んでいる。おい、次助。起きろ」

平助が大声を出したが、次助は寝返りを打っただけだ。

「次助兄い。事件だ」

佐助が次助の耳元で怒鳴った。

「うるせえな」

目を瞑《つぶ》ったまま、次助が不機嫌そうに言う。

「次助。置いて行くぞ」

平助の声に、次助が飛び起きた。

「さあ、早く支度しろ。五人組が出た。新両替町の醬油《しようゆ》問屋の『和泉《いずみ》屋』だ」

平助は帯を締めながら言う。

佐助も紺の股引《ももひ》きに青地に小紋の着物を身にまとった。次助はあわてて着替えた。

外に飛び出すと、まだ夜は明けきっていない。

朝の早い棒手振《ぼてふ》りの姿が見える。

日本橋を渡り、大通りを走った。両側には老舗《しにせ》の大店《おおだな》が並び、小僧が店の前の掃除を始めていた。家々の軒端《のきば》に端午の節句の菖蒲《しようぶ》が葺《ふ》いてある。

京橋を渡ると、新両替町だ。この界隈《かいわい》には大店が軒を並べている。

前方から押田敬四郎と長蔵が歩いて来るのに出会った。

「おや、もう現場のほうは終わったんですかえ」

ずいぶん早くやって来たのかと驚いていると、

「行ったって無駄だ」

と、長蔵は吐き捨て、すたすたとすれ違って行った。

醬油問屋の和泉屋の前に町方の連中がたむろしており、その中に伊十郎の姿が見えた。

「旦那」

「おう、佐平次か」

「中へは？　どうしてこんな所に？」

「火盗改《かとうあらため》が出張ってきやがったんだ」

「火盗改？」

現場を調べているところに火盗改がやって来て、町方は締め出されたという。

「どんな様子なんで？」

「主人と内儀、それに番頭の三人が殺された。あとの奉公人は皆結わかれていた。八百両ほど盗まれたようだ」

縛ってあった縄を解いて小僧が自身番《じしんばん》に駆け込んだのだという。

「で、盗賊は例の五人組なのですね」

「そうだ。奉公人が証言している。それを聞いて、火盗改が強引に割り込んできやがった」

町奉行所は江戸の治安を守り、ひとびとの暮らしを守るのが目的であるが、まず市民の暮らしを守ることが優先されるので、怪しい人間でもはっきりした証拠がなければ簡単に捕縛は出来ない。

そのため、犯罪捜査がなかなか捗《はかど》らないこともある。

だが、火盗改は犯人の検挙が目的であり、怪しいと思えばどこまでも追いかけ、捕まえる。放火、盗賊、博打《ばくち》について探索し、犯人の検挙、取調べなど自由勝手に行うことが出来るのだ。怪しいとみれば町奉行所のように手順や規則を踏むことなく、どしどし捕らえ、厳しく取調べをすることが出来る。時には激しい拷問さえする。情け容赦のないやり方は一般の人間にも恐れられていた。

火付盗賊改《ひっけとうぞくあらため》には比較的閑職である御先手組の旗本から役を当てている。

佐助は黙って土間に入って行った。

火盗改の同心らしい若い侍が立ちはだかった。

「遠慮してもらおう」

「与力《よりき》の斎藤弥四郎さまはいらっしゃいますかえ」

斎藤弥四郎とは地獄小僧事件以来、ときおり手を組んで事件に臨む仲になっていた。

「斎藤さまだと？」

眉《まゆ》を寄せたが、同心が奥に向かった。

しばらくして、大柄な斎藤弥四郎がやって来た。

「おう、佐平次か」

「ご苦労さまです。やっぱし、旗本屋敷を専門に狙《ねら》っていた五人組の仕業ですかえ」

「間違いない」

憤怒《ふんぬ》の形相になって、斎藤弥四郎は唸《うな》るように答えた。

「何か手掛かりは？」

「旗本屋敷でもそうだが、見事に手掛かり一つ残していない。佐平次、そっちは何か摑《つか》んでいるのか」

「まあ」

「そちらの摑んだことも教えてくださらねえと」

「なんだ？」

「こっちは何も摑んでおらん」

「何もってことはないでしょう。何かわかっているはずじゃ？」

「ふん。佐平次には敵《かな》わんか」

斎藤弥四郎は苦笑し、

「首領の侍の頬《ほお》に傷跡があったってのは知っているだろう。あの長蔵って岡《おか》っ引《ぴ》きが勇み足をしたからな」

「へえ」

「一味は不良旗本、あるいは御家人《ごけにん》崩れだと睨《にら》んで、その方面を調べてきた。すると、その特徴に合う人間が何人か浮かんでいる。特に、毎晩博打場に出入りしている旗本の部屋《へや》住《ずみ》がいる。いつも仲間とつるんでいてな。この連中ではないかと思っている。さあ、佐平次だからここまで言ったんだ。そっちの摑んでいる情報を教えろ」

「いいでしょう。旦那。その目星、外れていやすぜ」

「なんだと」

斎藤弥四郎の太い眉がぴくりと動いた。

「佐平次、どういうことだ？」

「じつはあっしらは一度、偶然に五人組を見かけているんです。去って行く後ろ姿を見て、どこか違和感がありやした」

もちろん、それを察したのは平助の眼力なのだが、佐助はあたかも自分の力のように話した。

「違和感だと?」

「へい。皆羽織袴《はかま》に二本差し。特に首領格の侍は旗本のような立派な袴を穿《は》いておりやしたが、足の運び、腰の据わりなど、どうも武士とは思えねえ」

「武士じゃねえだと」

斎藤弥四郎が素《す》っ頓狂《とんきょう》な声を上げた。

「佐平次、偽りを申すな。誰もが相手は武士だと言っている」

「それは、奴《やつ》らがそのように振る舞っているからですぜ。仕事が追われれば、奴らは町人の姿に戻って堂々と町中を闊歩《かっぽ》しているはずだ」

ぐうっと、斎藤弥四郎が妙な唸り声を発した。よほど、驚いたのか、悔しかったのか。

傍らにいたさっきの同心がおそるおそる口を開いた。

「そういえば、手込めにあった旗本の奥方がまるで町の無頼漢のような言葉づかいをしていた者がいたと申しておりました」

うむ、と唸ってから、

「佐平次。おぬし、一味に心当たりがあるのか」

「旦那。もっとわかっていることを教えてくれませんかえ。そうじゃねえと、こっちだって口が重くなりやす」

「ちっ」

斎藤弥四郎は吐き捨て、

「一味の中に、喘息《ぜんそく》持ちの男がいるようだ」

「喘息ですって」

雷門前で出会った不審な男。あの男は咳《せ》き込んでいた。喘息だったのか。やはり、一味の者だったのだ。

「旦那は、二十年近く前、江戸を荒らし回っていた七化けの半蔵という盗賊をご存じじゃありませんか」

斎藤弥四郎は三十半ばぐらいであり、二十年前はまだ十代。だが、七化けの半蔵の噂《うわさ》を聞いているかもしれないと思ったのだ。

「七化けの半蔵の名は聞いたことがある。なんでも、大名の家来になりすまして豪商から金を騙《だま》し取ったと……」

斎藤弥四郎の顔色が変わった。

「まさか、今度の盗賊は七化けの半蔵が?」

「いや。もう半蔵も五十近いでしょう。その半蔵は手下に殺されたそうですぜ」

「手下に?」

「その手下の仕業の可能性がありやす」

「ちくしょう。最初から洗い直しだ。佐平次、それにしても、おまえという岡っ引きはひとか鬼神か」

斎藤弥四郎は大仰に讃《たた》えた。

「とんでもねえ。じゃあ、あっしはこれで」

「おい、現場を見なくていいのか」

「いえ。その必要はありやせん」

凄惨《せいさん》な殺人現場など、佐助にはもっとも苦手な場所だ。

外に出ると、伊十郎が近づいて来て、

「あの与力と何を話していたのだ?」

と、きいた。

「じつは」

佐助が口を開き掛けると、

「待て」

と押し止め、伊十郎は人気のない河岸に連れ出した。

「さあ、話せ」

伊十郎は改めて問うた。

「一味の中に喘息持ちがいるようです。あっしたちが出会った男が一味であることがはっきりしやした」

佐助は斎藤弥四郎との話し合いの顛末《てんまつ》を語った。

「なに、そこまで話したのか」

伊十郎は憤然となった。

「だいじょうぶですぜ。こっちの切り札は話しちゃいませんから」

「切り札だと。なんだ、そいつは？」

「もうちょっと待っておくんなさい。それよりも旦那も七化けの半蔵について奉行所の記録を調べてみてくだせえ」

「わかった」

渋々、伊十郎は納得した。

伊十郎と別れ、もう一度、天津屋に向かった。

まだ、田之助は現れないという。田之助が現れたら佐平次が会いたがっていたと伝えてもらうように頼んできた。

二

その日の夕方、田之助は蓑屋に赴いた。最初にお千代に会うか、蓑屋に会うか、迷った末に、まず蓑屋と対決しようと決心したのだ。お千代を問い詰めても、もし泣かれでもしたら、ほんとうのことを聞き出すことは出来ないと思ったのだ。

扇、櫛《くし》、笄《こうがい》、紅などが小さな店に並んでいる。店番の若い者に、ご主人に会いたいと言うと、すぐ奥から恰幅《かっぷく》のよい男が出て来た。

「蓑屋清太郎さんですね」

調べ出した名を口にした。

「そうですが」

蓑屋の目が油断なく動いた。

「あっしは天津屋の主人の知り合いで、田之助と言いやす。ちと、天津屋の内儀《おかみ》さんとのことで、お訊《たず》ねしたいことがあるんですがねえ」

一歩も引かないという姿勢を見せて言った。

蓑屋清太郎は店番の若い者に何か言った。頷《うなず》き、急いで若い者は外に出て行った。この場を外させたのか。

「どのようなことでございましょうか」

改めて、蓑屋は顔を向けた。

「まず、天津屋の内儀さんとの関係を教えていただきやしょう」

「どういう関係と言われても、何度かここで櫛を買い求めていただいただけでございます。それがどうかなさいましたか」

「そういう関係でも、柳橋の船宿で逢瀬《おうせ》をするわけですかえ」

蓑屋からすぐに返事がなかった。

「どうなんだね」

「どうもなにも私には何のことか一向にわかりかねます」

「しらっぱくれても無駄ですぜ」

「もし、それが事実だとしたら、どうなさるので？　おまえさんの狙いは金ですか」

「金なら、動かぬ証拠を持って乗り込んでくるさ。証拠はねえから、とぼけられたら、俺の負けだ」

「金ではないとすると、何のために？」

「最近、天津屋の主人が何者かに命を狙われている。この前も、三人の無頼漢に妾《めかけ》の家にいるところを襲われた。その無頼漢が、おまえさんから頼まれたと白状したんだ」

はったりを利かせると、蓑屋の顔色が変わった。

「天津屋の主人が亡くなれば、後釜《あとがま》におまえさんが入り、晴れて天津屋の新しい主人になるってわけだ」

「ご冗談を」

「冗談でこんなことが言えると思っているのか」

田之助は声を荒げた。

「今度のことは、おめえの一存なのか、それとも内儀も承知のことなのか」

「さあ、なんと答えたものか」

蓑屋は狡賢《ずるがしこ》そうな目を向けた。

「まあ、おまえさんが正直に話すわけはないと思っていた。ただ、おまえさんに一言釘《くぎ》を刺しておこうと思っただけだ。これから、天津屋に行って、今度は内儀に確かめてみる。邪魔したな」

「お待ちを」

「なんだ？」

踵《きびす》を返しかけた田之助はもう一度蓑屋を見た。

「天津屋さんに行くのだけはおやめください」

「なぜだ？」

「あなたさまの誤解で、ご迷惑をおかけするようなことになっても申し訳ありません」

「誤解だと？」

田之助はふんと笑い、

「誤解かどうか、内儀さんに会えばわかるだろう」

田之助が踵を返そうとしたとき、店番の若者が戻って来た。まるで走って来たあとのように、肩で息をしている。

蓑屋と若者が目顔で何か言い合った。

気になりながら、田之助は店を飛び出した。新堀川沿いを南に、鳥越、蔵前方面に向かった。

夕闇《ゆうやみ》が足元から迫ってきている。遠くに見える明かりは寺の門前にある水茶屋の軒行灯《のきあんどん》か。

やはり、佐太郎を殺そうとしていたのは、あの蓑屋だった。お千代が蓑屋清太郎と深い関係にあることは間違いない。問題は、佐太郎を始末しようとしているのは蓑屋だけの考えか、お千代も加担しているのかだ。

お千代に確かめなければならない。いや、お千代の目を覚まさせなければならない。

ふと後ろから、追って来るような足音に殺気のようなものを感じ、田之助は道路端に身を避けて振り返った。

足音が止まった。

「誰だ?」

薄闇の中に長身の男が立っている。

「田之助。久しぶりだな」

男がゆっくり近づいて来た。

「おめえは、久八」

駒次郎の右腕のような男だ。

「やっぱし、俺のことに気づいていやがったのか」

「そうよ。てめえの動きなんてとうに摑んでいたさ」

「俺を襲った浪人者はてめえたちの仲間だったたってわけか」

田之助は素早く懐に手を突っ込んだ。

「待てよ。駒次郎の兄貴もおめえに会いたがっているんだ。おめえも兄貴に会いてえだろう」

「そこで、俺を殺そうってわけか」

「そんな真似《まね》はしやしねえよ。まあ、来ればわかる」

「わかった。連れて行け」

匕首《あいくち》から手を離し、田之助は久八に従った。

久八は田之助がついて来るのが当然のようにさっさと橋を渡った。浄念寺脇を通り、武家屋敷の前に差しかかったころ、久八のぜえぜえという息づかいが聞こえてきた。

久八は喘息持ちだ。高崎にいるときも、ときたま発作を起こしていた。だが、強靭《きょうじん》な体力のせいか、しばらくすると発作は止《や》み、あれほど苦しんでいたことが嘘《うそ》のように元気になる。

息づかいが荒くなった。

「だいじょうぶか」

久八は答えない。

そのうちに、息づかいもおとなしくなっていた。

再び、久八は足を早めた。家々に明かりが灯り、一膳飯屋《いちぜんめしや》の提灯《ちょうちん》の灯が遠くに浮かんでいる。

大護院を過ぎて蔵前通りに出た。右に行けば浅草御門、左に行けば浅草。奥州街道である。久八は左に折れた。

「どこまで行くのだ」

田之助が声をかけた。

「もうじきだ」

発作は治まったのか、久八は強い口調で応じた。

罠《わな》だということはわかっていた。さっき蓑屋が若者を外に出させたのは駒次郎に知らせに走ったのだろう。

正覚寺の前に出た。門前の茶屋はもう閉まっている。

久八は山門に入った。境内に大きな榧《かや》の樹があり、榧寺とも呼ばれている。田之助は用心深く奥へ進んだ。

境内の暗がりから黒い影が浮かび上がるように出て来た。四人だ。恰幅のよい男が前に出て来た。

「田之助。久しぶりだな」

にやにや笑いながら姿を現したのは駒次郎だった。

「駒次郎か」

「おめえは必ず俺を追って江戸にやって来ると思っていたぜ」

「おかしらの無念を晴らさねばならないからな。ところで、姐《ねえ》さんはどうした？　いっしょか」

「小夜か。連れては来たが、足手まといになるので女衒《ぜげん》に売り飛ばしたぜ」

駒次郎はまるで物のように言う。

「ちと惜しい気がしたが、江戸にはあいつよりいい女がたんといるんでな」

「きさまって奴は」

ぐっと怒りを堪《こら》え、

「蓑屋とはどういう関係だ?」

「なあに、おめえのあとを尾行していて知ったのよ。ほれ、柳橋の船宿から駕籠《かご》をつけて行っただろう。そのあとをこの伝助がつけていったのだ」

横にいた小柄な男がくぐもった声で、

「おめえがつけて行ったのを教えてやったら、蓑屋の奴驚いていたぜ。そんとき、おめえを殺《や》ってくれと頼まれたのさ」

「頼まれるまでもねえ。俺たちにとっても、おめえは邪魔ものだ。だが、おめえの心がけ次第では考え直してやってもいいんだぜ。なにも俺たちはおめえを殺してえわけじゃねえ。なにしろ、仲間なんだからな」

「仲間だと。ふざけるな。おかしらを裏切りやがって」

「あんなおかしらのことなんて忘れて、俺たちの仲間に入れ」

「なぜ、おかしらを殺ったんだ?」

「小夜だよ。小夜と乳繰り合っているところを見られちまってな。それだけじゃねえ。前々から、おかしらのやり方にはもの足らなさを覚えていたのさ」

背後で物音がした。振り返ると、浪人者がふたり。いつぞや、襲い掛かってきた浪人だ。やはり、駒次郎の手の者だったのだ。

「侍の格好になって旗本屋敷に押し込んでいる強盗はおめえたちだな」

「俺たちはもう旗本屋敷を襲うのを止めたぜ。奉公人が少なく、世間体を気にして強盗のことを言わないのはいいが、いかんせん金がない。やはり、これからの狙いは大商人だ」

「いつまでも思い通りにいくとは限らんぜ。このふたりは新たな仲間か」

田之助は浪人のことを訊ねた。

「そうだ。江戸で集めた仲間さ。一度、おめえを狙ったが逃げられたので、だいぶ頭に来ているようだ。どうだ、俺たちの仲間になるか」

「断る」

「そうか。じゃあ、しょうがねえ。死んでもらおうか」

駒次郎の合図とともに、浪人が抜刀した。田之助も匕首を抜いた。

髭面《ひげづら》の獰猛《どうもう》な顔をした浪人に、田之助は向かった。相手は全部で七人。ひとりで相手に出来る人数ではない。

田之助の標的はあくまでも駒次郎だ。腰を落し、爪先立《つまさきだ》ちに浪人たちと対峙《たいじ》しつつ、ちらりと横目で駒次郎のいる場所を確認する。

浪人が上段から斬《き》りかかってきたのをさっと身軽に避ける。田之助の動きは敏捷《びんしょう》だ。本能的に刃をくぐり抜ける能力に長《た》けていた。

狙った獲物が軽く逃げたことに、浪人は驚いていたようだ。続けて背のひょろ長い浪人が袈裟懸《けさが》けに襲ってきた。

これも簡単に避ける。

「旦那方、しっかりなさいよ」

久八が脇から声をかける。その声には余裕があった。

どうやら、この浪人ふたりで田之助を仕留められるとは思っていないようだ。田之助を疲れさせるために襲わせているという感じだ。

髭面の浪人が呻《うめ》き声を発しながらまたも上段から踏み込んできた。田之助も相手の胸ぐらに飛び込んだ。田之助の動きのほうがはるかに早い。

田之助は浪人の振り下ろしてきた剣を匕首で受け止め、すぐに体を開くようにして相手の体勢を崩し、よろけたところに匕首の柄《つか》で脾腹《ひばら》を思い切り打った。

浪人は刀を落とし、うずくまった。もうひとりの浪人が背後から斬りつけてきたのを振り向きざまに匕首で受け止め、ぐっと押し込んでからさっと体をかわすと、浪人は前のめりになった。そこを相手の手首目掛けて足で蹴《け》り上げると、あっと悲鳴を上げて浪人は剣を落とした。

田之助は駒次郎に向かって突進した。

駒次郎はあわてず田之助を待ち構えていた。田之助の動きをすでに読んでいたようだ。手には刀が握られていた。

田之助の突き出す匕首を刀で軽く弾《はじ》いた。

「田之助。おめえは俺に一度も勝てなかったのを忘れたのか」

「忘れちゃいねえ」

田之助は半身《はんみ》になって腰を落して構えた。

「だが、どうしてもおめえだけは許せねえんだ」

田之助が駒次郎との間合いを詰めたとき、横から黒い影が突進してきた。田之助はその男を組止め、腰投げで地面に叩きつけた。

「田之助。惜しいぜ」

駒次郎が正眼に構えた。高崎で、駒次郎は一刀流の道場に通っていたのだ。もともと、侍の生まれらしく、駒次郎の剣に誰も逆らえなかった。

田之助は駒次郎に敵《かな》うとは思っていない。だが、田之助は相討ちを狙っているのだ。勝てなくても相討ちなら可能だ。

「田之助、死ぬ覚悟だな」

駒次郎が見抜いた。

田之助はさらに間合いを詰める。駒次郎は正眼の構えから刀をだらりと下げた。そして、そのまま突っ立った。

（ちくしょう）

隙《すき》だらけになり、かえって攻撃しづらくなった。相手の心機に応じて、駒次郎はどんな対応をもとれる。そんな感じだった。

田之助は冷や汗が出てきた。汗が目に入る。このままではやられる。一か八《ばち》か、田之助が全霊を匕首の切っ先に集めた。

「駒次郎。おかしらの仇《かたき》だ」

田之助は飛び掛かろうとした。そのとき、背後から迫ってくる殺気があった。

が、精神がすべて駒次郎に向かっていたため、その殺気に気づくのが遅れた。本能的に体をかわしながら無意識のうちに匕首を相手に突き出した。相手が呻き声を発したが、田之助も腹に激痛が走った。

その隙を逃さず、駒次郎が踏み込んできた。田之助は身を翻し、転がりながら相手の切っ先を逃れ、素早く立ち上がると、山門に向かって駆け出した。

「逃がすな」

駒次郎の声が轟《とどろ》く。

田之助は腹を押さえながら走った。傷口から血が滴り落ちた。

駒形堂まで逃げて来た。追手が迫っている。石灯籠《いしどうろう》の横で、手拭《てぬぐ》いを細く切り、傷口に巻いて止血し、再び駆け出した。

三

翌日も天津屋を張っていたが、田之助は現れなかった。必ず、内儀のお千代に会いに来ると平助が睨んだのだが、田之助はやって来ない。

まさか、と平助が呟《つぶや》いた。

「兄い。なんだ?」

「ひょっとしたら蓑屋のほうに向かったのかもしれねえな」

平助が次助を見た。

「おめえはここに残れ。俺たちは蓑屋にまわる」

「えっ、俺ひとりでか」

図体《ずうたい》のでかい次助が小さくなって心細そうに言う。

「田之助が現れたら長谷川町の佐平次が会いたがっていると伝えるんだ」

「わかった」

佐助と平助は浅草阿部川町の蓑屋に向かった。

阿部川町にやって来た頃には陽《ひ》も沈みかけていた。蓑屋を見通せる場所に立ち、店先を窺《うかが》う。

蓑屋の主人が店番をしている。落ち着いている。

「妙だな」

平助が小首を傾《かし》げた。

「何が妙なんだ、兄い？」

「何もなかったような顔をしているのが気にいらねえ。もし、田之助がやって来たのならもっと厳しい顔になっているはずだ」

「じゃあ、まだ田之助は現れていねえのか」

「うむ」

平助は顎《あご》に手をやった。

辺りは暗くなった。田之助は夜を待って現れるつもりだろうか。

「ほんとうに、田之助はここに来るのかな」

佐助は疑問を口にした。

「天津屋の内儀か、蓑屋のいずれかに必ず会いに来るはずだ」

平助は言い切った。

なぜ、平助が自信たっぷりに言うのか、その自信がどこから来るのか不思議だったが、今の確信に満ちた答えを聞いて、佐助ははたと思い当たることがあった。

田之助は手代《てだい》時代の朋輩《ほうばい》佐太郎のために身を引き、さらに今の天津屋が何者かに襲われたのを身を挺《てい》して救った。さらに、田之助が江戸に舞い戻った理由が恩誼《おんぎ》ある半蔵の敵討ちなのだ。

田之助は平助に似ている。佐助はそう思った。ふたりは同じ種類の人間なのかもしれない。だから、平助には田之助の気持がわかるのだ。

「おや、子どもが」

平助が店先に目をやった。

子どもが蓑屋に入って行ってすぐ出て来た。

「佐助。あの子が何しに行ったのかきいて来い」

よしと、佐助が子どものあとを追った。

蓑屋から少し離れた場所で、子どもに声をかけた。

「坊や」

「なんだい?」

こまっしゃくれた顔をしている。

「坊や。あのお店に入って行っただろう。何しに行ったんだね」

佐助が銭を手に握らせてきいた。

「おじちゃん、佐平次親分か」

「おう、知っているのか」

「知っているとも。うちのかあちゃんがいつも話しているもん」

「そうか。で、何しに行ったんだね」

「頼まれた手紙を渡して来たんだ」

「誰に頼まれたのだね」

「知らないおじさん。お小遣いをやるから届けてくれって」

「どんなおじさんだった?」

「怖い顔をしていた」

「そうか。ありがとうよ」

佐助はすぐに戻った。

「手紙を届けたそうだ」

「そうか。見てみろ」

顎をしゃくったので目をやると、店の奥に座っているのは蓑屋清太郎ではなかった。使用人の若い男だ。

「手紙は呼出しだったのかもしれねえ。裏から出るかもしれねえ」

裏にまわると、ちょうど蓑屋が出て来て新堀川のほうに向かった。

「田之助の呼出しだろうか」

あとをつけながら、佐助がきく。

「さあ」

平助は違うと思っているようだ。

川の向こうに龍宝寺の門前町。蓑屋は川沿いをまっすぐ進む。橋を過ぎ、やがて、寿松院門前町に差しかかって右に曲がった。

蓑屋は元鳥越町に入った。

「やはり、田之助の呼出しではなさそうだ。田之助の呼出しに、蓑屋がのこのここんなところまでやって来るとは思えねえ。それに田之助だって、もっと蓑屋の店の近くに呼び出すはずだ」

「じゃあ、誰なんだ？」

「あらたな殺し屋を雇ったのかもしれねえな」

鳥越神社に入って行った。本殿に向かって行く。まさか、参拝だけが目的ではあるまい。本殿の前で手を合わせている。

ふといつのまにか並んで拝んでいる男に気づいた。

ふたりは長い間手を合わせていた。先に離れたのは蓑屋のほうだった。蓑屋は再び、鳥居のほうに歩いて来る。

さっと鳥居の陰に隠れた。

「待て。もうひとりの男を確かめるのだ」

平助が佐助を引き止めた。

その男が本殿から離れ、こっちに向かって来た。弁慶縞《べんけいじま》の着物を着た苦み走った男だ。歳《とし》の頃なら三十半ばか。上背もあり、恰幅《かっぷく》もいい。

男が鳥居をくぐった。

覚えず、あっと叫ぶところだった。

「兄い。頬に傷跡がある」

「うむ。間違いねえ。奴だ。五人組の頭領だ」

「追うんだろう」

「待て。どうも用心深いようだ。他に仲間がいて、どこからか見ているかもしれねえ」

平助の言うとおり、鳥居を出た男が歩いて行ったあとに、遊び人ふうの男が辺りを窺っていた。

「やはり、尾行を用心しているのだ」

「ちくしょう。これでは出て行けねえ」

仲間の男が頭領らしき男の姿が消えてからいきなり反対方向に駆け出した。

それから、すぐに本石町一丁目の天津屋に戻った。もう店は戸が閉まっている。

天水桶《てんすいおけ》の陰で、次助が大きな体を縮めて待っていた。

「兄い。ずっとここにいたのか」

佐助が驚いてきく。

「そうさ。いつ現れるかもしれねえからな」

そう言ったとき、ぐうという大きな音がした。次助の腹の虫が鳴いているのだ。

「そっちは？」

「いや、現れなかった」

佐助は答えてから、平助の顔を見た。難しそうな顔をしている。

「おかしい」

平助が呟く。

「田之助がきょうまでどっちにも顔を出さないというのは変だ」

「田之助に何かあったのかな」

「気になるのが、蓑屋と五人組が結びついているらしいってことだ。田之助の身に何かあったのかもしれない」

「蓑屋をとっちめてみるか」

次助が指の節をぽきりと鳴らした。

「無駄だ。知らぬ存ぜぬで、とぼけられるのがおちだ」

「内儀のほうは？」

「そうだな」

平助がいつになく迷っている。

「そんなことより、飯を食わしてくれ」

次助が泣きそうな声を出した。

四

目を覚ましたが、田之助は意識がまだ朦朧《もうろう》としている。ここがどこなのか、自分がどうしてここにいるのか思い出せない。足を動かそうとして激痛が走った。

「お気がつかれましたか」

娘が田之助の顔を覗《のぞ》いている。

「あんたは？」

やっと声を出した。全身が熱い。熱があるのだろうか。

「あっ、まだ動いちゃだめです。傷口に障りますから」

「傷……」

駒次郎に襲われて逃げたことを思い出した。

「あんたが、助けて、くれたのか。すまねえ」

口をきくだけでも腹部に激痛が走り、気を失いそうになった。

「困ったときはお互いさまです。でも、ほんとうにお役人に訴えなくていいんですか」

「役人に？」

田之助は吾妻橋に向かいかけたが、すでに吾妻橋に先回りされていた。こうなれば、蓑屋を痛めつけてやろうと居直って阿部川町に向かったが、途中で傷が痛み、とうとう歩けなくなって呻いているときに通り掛かった若い女がおそるおそる声をかけてきた。

その女が駕籠を呼んでくれたのだ。そのとき、

「自身番に知らせねえでくれ」

と、何度も必死に頼んだのを思い出した。

「助けてもらったのに、すまねえな。役人には、知らせねえで、くれ。ちょっと、したことで、怪我《けが》を、しただけなんだ」

改めて、切れ切れに答える。

「はい。そうまで仰《おっ》しゃるなら言いません」

「ここはどこなんだ？」

田之助は天井から壁に目をやった。

「お医者さんの家です」

「俺は、どのくらい、寝ていたんだえ」

「二日間」

「なに、二日だと」

二日間も寝ていたことに、田之助は愕然《がくぜん》とした。

「すっかり、世話になっちまった。おまえさんは命の恩人だ」

「それは大袈裟ですよ」

「いや、大袈裟ではない」

いきなり大きな声がした。十徳《じっとく》姿の老人が部屋に入って来た。

「順斎《じゅんさい》先生です」

若い女が紹介した。

「この娘さんが助けてくれなかったらおまえさんは死んでいた。感謝してもしきれんぞ」

「わかっていやす。娘さん、ありがとうよ。名は、名はなんて言うんだえ」

「おけいです」

「おけいさんか」

どこかで聞いたことのある名のような気がしたが、すぐには思い出せなかった。

「おまえさんの名は?」

順斎が訊ねる。

「へえ。田之助と言いやす」

傷の痛みで意識が遠くなりかけては、また意識が戻ってくる。そんな繰り返しが周期的に起こってくる。

「おまえさんの傷は匕首だ。ほんとうにお役人に届けなくともよいのかね」

医者が渋い顔できく。

「仲間とのいざこざなんで。事を大袈裟にしたくねえんです」

役人に取調べられてもほんとうのことを言うわけにはいかない。なにしろ、駒次郎を殺《や》ることが目的なのだ。へたに役人に出しゃばってこられて邪魔されるほうが迷惑なのだ。

「そうかね」

納得いかない顔つきだったが、

「まあ、傷が癒《い》えるまではどこにも知らせるようなことはしないから安心しなさい」

と、答えた。

医者が部屋を出て行ったあと、

「これから仕事があります。また夕方顔を出しますから」

と、おけいが言った。

「頼みが……。いや、いい」

天津屋の佐太郎に連絡をとってもらおうとしたが、佐太郎を呼んでも何の解決にもならない。蓑屋と駒次郎がつるんでいることが気になったが、そうだとするとかえって佐太郎に連絡をとることは危険かもしれない。佐太郎にも、駒次郎の目が光っているかもしれない。

「いいんですか」

「ああ、すまない」

おけいが部屋を出て行った。

今は早く傷を回復させ、駒次郎と対決する体力を取り戻すことだ。

やがて、また瞼《まぶた》が重くなってきた。

その頃、商家の旦那ふうの出で立《い》ちで、駒次郎は天津屋の前を通った。

大八車が店の前に着いて荷を下ろしている。駒次郎は行き過ぎてから、路地に入り、天津屋の裏手にまわった。

土蔵の脇を過ぎた。裏口があったが、出入り口を確かめる必要はなかった。堂々と表から押し入るのが、駒次郎のやり方だ。

竜閑橋を渡り、鎌倉河岸に出た。しばらくして、小間物屋の格好をした久八がやって来た。

「だいぶ金がありそうだな」

「今の天津屋の主人が遣《や》り手で、わずか数年であんなに大きな店にしたそうですぜ」

「蓑屋はこの身代《しんだい》を手に入れようとしているのか」

駒次郎は冷笑を浮かべた。

蓑屋清太郎とはひょんなことから出会った。柳橋河岸の船宿から出てきた駕籠をつけて行く田之助が何をしているのか気になって伝助にあとをつけさせたのだ。その駕籠の客が蓑屋清太郎だったのだ。

伝助から話を聞いたあと、駒次郎は商家の旦那のなりをして蓑屋に行った。そこで、田之助のことを聞き出したのだ。

田之助が天津屋の手代をしていて、今の当主の朋輩だったというのは初耳だった。そのとき、蓑屋から天津屋殺しの依頼を受けたのだが、ちょうど、旗本屋敷への押込みもおしまいにし、これからは大店を襲おうと狙う商家を物色しているところだったので、駒次郎は即座に承知した。蓑屋との利害が一致したことになる。

それに、蓑屋は万が一のときに隠れ家を提供してくれることになっている。

こうして、駒次郎は天津屋に押し入り、主人を殺すことにしたのだ。明日の決行を控えて、下調べにこうしてやって来たのだ。

これからは商家を襲って荒稼ぎし、足がつく前に上方へでも飛ぼうという算段だった。

ただ気になるのは田之助を逃がしてしまったことだ。確かに手応《てごた》えがあったから、あるいはどこぞでくたばっているのかもしれないと思ったが、死体を見ないことには落ち着かない。

きょうも手下に浅草界隈《かいわい》にある医者の家に、刀傷のある怪我人が担ぎ込まれなかったかときいてまわらせている。

それから、駒次郎も浅草に向かったが、ふと途中で気がついて駕籠を浅草六軒町にまわした。

七化けの半蔵の娘が今浅草六軒町に住んでいるのだ。数ヶ月前、娘のことを思い出し、本所亀沢町に行ったが、母親が亡くなって娘は引っ越したあとだった。

娘の引っ越し先を聞き、浅草六軒町に行ったが、あいにく留守だった。それきりになっていたのだが、ふと娘のことを思い出したのだ。

一度、半蔵に頼まれて母親に金を届けに来たことがある。あれは六、七年前だったかもしれない。

浅草六軒町の長屋はすぐにわかった。伝助を木戸の外で待たせ、駒次郎は長屋の路地を入った。すると、出て来る女がいた。風呂敷包みを抱えている。遠い記憶と重ねてみて、おけいだと知った。眩《まばゆ》いばかりの娘に成長していた。

おけいが立ち止まった。

「おけいさんかね。私を覚えていなさるか」

駒次郎は笑いながら声をかけた。

おけいは訝《いぶか》しげに小首を傾げた。

「もう六、七年前になるか。おまえさんのおっ母さんを訪ねたことがある」

あっと、おけいは声を上げた。

「おっ母さんは亡くなったそうだね。おまえさんはひとりぽっちになったのかえ」

「いえ」

何か言いかけて、おけいは口をつぐんだ。

そこに家主らしい男が家から出てきた。

「おけいちゃん、怪我をしたひとは気づいたかね」

「は、はい。だいじょうぶです」

おけいは答える。

「すみません。これから仕立てものを届けなければなりませんから」

「それは忙しいところを申し訳なかった。また寄せてもらうよ。困ったことがあったら何でもいいいなさい」

駒次郎は固くなっているおけいの肩をぽんと叩いた。

おけいがあんないい女になっていたとは驚きだ。半蔵の娘を俺の女にする。なんと小気味よいことかと、駒次郎は口許《くちもと》を緩めた。

おけいは小走りに去って行った。

駒次郎は家主に声をかけた。

「私はおけいさんの母親と知り合いでしてね」

「そうですか。なかなかしっかりした娘です」

「今、怪我をしたひとと言っておりましたが？」

「ああ、そのことですか。感心なことに、大怪我をして道端でうずくまっていた男を介抱し、医者に連れて行ってあげたんです」

駒次郎は覚えず眉を寄せた。

「怪我はかなりひどかったのですか」

「なんでも腹を刺されていたとか」

「その医者はどこでございますか。なあに、おけいさんが面倒を見ているのなら、私にも何かお手伝い出来ないかと思いましてね」

「それは、どうも。この町内の順斎先生です」

家主は疑うことなく答えた。

駒次郎は笑みを浮かべ、お邪魔しましたと家主の前から離れた。

田之助に違いない。こんな所に潜んでいやがったかと、駒次郎は鼻先で笑った。

駒次郎は木戸の外で待っていた伝助に、仲間を呼びに行かせた。その間、駒次郎は順斎の家を探した。

四半刻《しはんとき》（三十分）後に久八をはじめ、仲間が近くの等覚寺という寺の境内に集まって来た。

「田之助は順斎という医者の家だ」

駒次郎は順斎の家に向かった。

順斎の家の土間には薬取りの患者が並んでいた。流行《はや》っている医者のようだ。まず久八が声をかけた。

「ごめんなさい。順斎先生はお出《い》でですか。火急の用事で参りやした。恐れ入りやす。お願いいたしやす」

騒々しく叫んだので、奥から助手らしい若い男が出て来た。上がり口の部屋にも何人かの患者が待っている。

「今、先生は診療中です。どんな御用でしょうか」

「すいやせん。あっしは友達の田之助という男を探しているんです。腹を刺されて三日前から行方不明でしてね。こちらに厄介になっているとお伺ったのですが」

「いえ。そのようなものはおりませぬが」

若い男があわてたようだ。

「そんなはずはねえ」

久八は態度を変えた。

「おけいという娘がここに連れて来たとわかっているんだ」

「そう仰しゃられても困ります」

「ちょっくら調べさせてもらうよ」

久八は勝手に上がり込んだ。

「あっ、お待ちください」

若い男の手を振り払い、久八は奥へ向かった。

障子を乱暴に開け閉めする音が聞こえた。

しばらくして、久八が戻って来た。

「いませんぜ」

「男をどこに隠しましたか」

駒次郎は丁寧に訊ねた。不気味に感じたのか、若い男は口を半開きにした。

「知りません」

「ここには離れがあるのかね。そっちも調べさせてもらいますよ」

駒次郎は廊下の奥に向かった。久八も続く。

奥の部屋の襖《ふすま》を開けたが、誰も寝ているものはいなかった。隅にふとんが片づいている。

今まで誰かが使っていたようにも思える。

「勝手に上がり込んで何をしているのだ」

十徳姿の年寄りが出て来た。順斎に違いない。

「こちらで匿《かくま》われている男に用があるんですよ」

「そんな者はいない」

「隠しても無駄だ。怪我人はどうした?」

駒次郎は順斎に迫った。

あわてて、若い男が訴えるように言った。

「もういません。夕方、姿を晦《くら》ましました」

「ちくしょう。逃げやがったか」

久八が舌打ちをした。

おけいの仕業に違いない。なぜ、おけいは俺を好ましくないと思ったのか、木戸の外にいた伝助の姿を見て、危険を察して知らせたのか。

「怪我の具合はどうなんだ?」

「体を動かすのは無理なほどでした」

若い男は震えながら答えた。

「まだ、そう遠くへは行ってねえな」

「どうします?」

久八がきいた。

「まあ、いいさ。ともかく明日だ」

駒次郎は不敵に笑った。

五

ちょうどその頃、佐助が長谷川町の家に引き上げて来たとき、あわただしく駆け込んで来た男がいた。

「浅草六軒町の自身番からやって来やした」

おけいの使いだという若い男だ。

使いの者は、おけいが田之助という怪我人を助けたことと、耳の下から頬にかけて傷跡のある男が現れたということを話した。

「わかった。すぐ行くぜ」

「お願いしやす」

使いの者はすぐに引き上げた。

「田之助の身が危ねえ」

平助が支度をした。

「ちっ、夕飯を目の前にして」

次助がぼやいた。

浅草六軒町まで走った。四半刻（三十分）足らずで駆けつけたので、次助は顎を出していた。佐助も肩で息をしていた。

木戸の前で息を整え、おけいの家に向かう。すぐにおけいが出て来て、

「田之助さんが姿を晦ましました。私が頬に傷跡のあるひとがやって来たと話したら、とても厳しい顔をしていました」

と訴え、さらに順斎の家に数人の男たちが怪我人を探して押しかけて来たと話した。

おけいの案内で、医師順斎の家に行った。

「怪我人がどこに逃げたかわからないんだな」

「はい。覗いたら、ふとんをきれいに畳んで姿がありませんでした」

助手の若い男が答えた。

「その男を探しに来た連中の特徴は？」

「はい。首領らしい男の頬に傷跡がありました」

五人組に違いない。

田之助は危険を察して逃げたのだろう。

「奴らはすぐに追って出たのかえ」

佐助は若い男に訊ねた。

「いえ。追わなくていいと手下に言っていました。それより、明日だと」

「明日？」

平助が呟き、佐助の袖《そで》を引いた。

佐助はわざと庭に下りた。平助がついて来た。

田之助が出て行った跡を探るように地面に目を配る真似をした。平助が皆に背中を見せるように立ち、

「明日、奴らは天津屋を襲うに違いねえ」

「天津屋を？」

「そうだ。そして、天津屋の主人を殺す。蓑屋の依頼だ」

総身に粟立《あわだ》つ思いがして、佐助はぶるっと体を震わせた。

佐助は部屋に戻り、

「さあ、皆さん。もう引き上げやしょう。もう、ここには賊はやって来ますまい。おけいさん。念のために、今夜はどなたかの家に泊めてもらうんだ。いいね」

「ここに泊まりなさい」

順斎が横合いから言った。

「そうしていただけると助かりやす」

佐助は順斎に頭を下げた。

佐助は、その足で、八丁堀の伊十郎の屋敷に向かった。

柳原の土手に差しかかったとき、ふらふら歩いている乞食《こじき》に出会った。何を思いついたか、平助はその乞食のところに向かった。

佐助と次助が顔を見合わせて、その様子を窺った。

やっと平助が戻って来た。

「さあ、行くぜ」

何をしていたのか、平助は何も言わなかった。

およそ半刻（一時間）後、八丁堀に着いた。浅草六軒町の往復、さらに八丁堀まで歩いたので、かなり疲れた。

伊十郎はまだ戻っていない。それから四半刻（三十分）ほどして、門の外から謡《うたい》の声が聞こえてきた。伊十郎の声だ。

どうやら呑《の》んでいるらしい。

門内に入った伊十郎は佐助に気づいて、

「おう、佐平次か。こんな時間に珍しいな」

と、酒臭い息を吐いた。

「ずいぶんご機嫌ですねえ。また、どこかの後家さんにお呼ばれになったんですかえ」

佐助がからかうように言う。

伊十郎は女には手が早いから、何人かの女とは深い関係にある。

別に否定をしなかったので、どうやら当たっていたようだ。

「何か急用か」

「へえ。じつは」

伊十郎が頭を叩きながら、

「ちょっと待て。水が欲しい」

「そんなことより、明日、例の五人組が天津屋を襲いますぜ」

「なんだと」

「本石町一丁目の天津屋です。手配をしてもらえますかぇ」

「よし、天津屋だな。わかった」

「我々は今夜から天津屋に入り込みます。どこで、賊の目が光っているかもしれやせん。天津屋には近寄らねぇでくだせえ」

「うむ」

「明日の夜、天津屋の近くに町方を待機させておいてくだせえ。騒ぎが起こったら踏み込んでくださるよう頼みやす。くれぐれも、奴らに感づかれないように」

「任しておけ」

「じゃあ、頼みましたぜ」

佐助は引き上げ、門を出て間もなく、向こうからやって来る男と出会った。

「佐平次じゃねえか」

「あっ、長蔵親分」

「なんでえ、こんな遅い時間に井原の旦那のところに?」

隙のない目を光らせて、長蔵が探るようにきいた。

「ちょっとな」

「ちょっとなんでぇ」

長蔵は怨《うら》みのこもった目を向けた。例の浪人者が事件と無関係とわかり、面目を失ったことを逆恨みしているのだ。

平助が佐助の袖を引いた。耳を寄せると、

「話しておいたほうがいい」

と、平助が耳元で囁《ささや》いた。

佐助は頷き、改めて長蔵に向かい合った。

「じつは、例の五人組が本石町一丁目の天津屋を襲うと睨んだんですよ。そのことを知らせにやって来たんだ。応援を頼まなくちゃならねえですからね。長蔵親分もよかったら、遠巻きに天津屋を張ってもらいてえ」

長蔵は眉を寄せた。

「ただし、昼間も天津屋には近寄らねえでくれ。賊に感づかれたらおしめえだ」

「わかったぜ」

あっさり言い、長蔵はそのまますれ違って行った。押田敬四郎のところに行くのだろう。途中で、長蔵が振り返った。にやりと笑ったような気がした。

「なんで、あんな奴に教えたんだ?」

次助が憤慨した。

「あとで、黙っていたことがわかったらいろいろうるさいからな。それに、長蔵が素直にこっちの話を信用するとは思えねえ。かえって担がれたと早とちりするかもしれねえ」

「なるほど」

「しかし、信じきってもいい。ひとりでも手の多いほうがいいからな」

そんなことを話しながら、天津屋にやって来た。

念のため、屋敷の周囲を調べた。怪しい人物がいないのを確かめて、表の潜《くぐ》り戸を叩いた。中から物音がした。

「どちらさまでしょうか」

「長谷川町の佐平次というものです」

すぐに潜り戸が開いた。

三人は土間に入った。その間に、主人を呼びに行ったらしく、天津屋が廊下を足音を立てて飛んで来た。

「佐平次親分。何かありましたか」

不安そうな様子で、天津屋がきく。

「どこかお話出来る場所は？」

「あっ、これは失礼いたしました。さあ、どうぞお上がりください」

佐助たちは客間に通された。

人払いをと告げてあったので、天津屋は部屋に誰も近づけないようにしてから、向かい側に腰を下ろした。

「天津屋さん。驚かないでいただきたい。明日の夜、賊が侵入しやす」

「なんですって」

　天津屋はのけ反りそうなほどに驚いた。

「狙いは金だけじゃねえ。天津屋さんの命もだ」

「賊がわたしの命を？　なぜでございますか」

　天津屋が憮然《ぶぜん》たる面持ちできいた。

「天津屋さんの命を狙っていたのは蓑屋清太郎という男です。言いにくいですが、この男は内儀さんの間夫《まぶ》」

「じゃあ、お千代がその男と計らってわたしの命を狙っていたのでございますか」

「早まってはいけねえ。内儀さんの知らねえことだ」

　内儀が共謀しているのか、まだわかっていないが、あえてそう言ったのだ。

　道々、平助から言われたとおりに佐助は話を続けた。

「蓑屋は盗賊の一味とひょんなことからつるんだ。その賊が明日、ここに押し込むに違いねえんです」

　すべてを聞き終えて茫然《ぼうぜん》としていたが、天津屋はやっと気力を奮い立たせ、

「すべてがわかりました」

　と厳しい顔を向け、

「親分さん、どうしたらよいのでしょうか」

「賊をとらえる絶好の機会なんです。賊をここに忍び込ませます。この機を逃したら、遠

くに逃げられてしまいやす」

天津屋は絶句した。

「明日の夜は周辺に町方を待機させるよう手配してあります。あっしたちは今晩からここに泊まり込みやす。奉公人には何も伝えずに。なまじ教えると動揺して、敵に感づかれる恐れがありやすので」

「はい」

緊張した面持ちで、天津屋は答えた。

「明日の夜は店を閉めたら、奉公人たちも皆二階の一室に避難していただきやす。梯子段《はしごだん》で、我々が賊の侵入を防ぎやす」

佐助は平助の指示通りに天津屋に説明した。

天津屋の緊張が佐助にも伝わってきた。佐助もまた恐怖心を押さえるのに難渋した。

三人は納戸で過ごすことになった。その納戸に入ってから、平助が怖い顔で言った。

「佐助。明日の夜になったら、こっそりここを抜け出して、井原の旦那のところに行くんだ。いいな」

「えっ。どうしてだ?」

「ここは俺と次助だけで十分だ。おまえに万一のことがあっちゃならねえからな」

「どうしてだ?」

「相手は相当な腕だ。おめえには無理だ」

らな」

「佐助。ここは俺たちに任せろ。何があろうが、おめえだけには長生きしてもらいてえか

「冗談じゃねえ。俺も兄いたちといっしょに闘う」

次助までが言う。

「何を言うんだ。俺は兄いたちといっしょだ。兄いたちといっしょなら死ぬことだって怖くねえ。足手まといにならねえようにするから。なあ、いいだろう。俺もここにいる。いやだ、絶対に出て行かねえ」

佐助は言い張った。

「仕方ねえ」

平助が苦笑し、

「まあ、死ぬときは三人いっしょだ」

「いや。佐助は絶対に死なせはしねえ」

次助が妙に力んで言った。

兄い、ありがとうと、佐助は心の中で呟いた。

六

障子を透かして陽光が射《さ》し込んでいる。伊十郎は眩さに目を覚ました。汗をかいている。

きょうも暑い日になりそうだ。

起き上がろうとしたが、頭が重かった。二日酔いだ。

「誰かいねえか」

伊十郎は怒鳴った。

若党が飛んで来た。

「水をくれ」

喉《のど》が渇いていた。

若党は水を碗《わん》にいれて持って来た。

一気呑みしてから、伊十郎は若党にきいた。

「だいぶ陽も上がりやがったな」

伊十郎は後頭部を叩きながら言う。

「ゆうべ、佐平次が来ましたが、どんな御用でしたか」

「佐平次？」

伊十郎は記憶を手繰った。

「そういえば、帰ってきたら佐平次が待っていたな」

はてと、伊十郎は首をひねった。佐平次の用件を思い出せない。

「たいしたことじゃないと思うが、夜やって来たのが気になる。誰か佐平次のところに使いに行ってくれ」

伊十郎は言い、再びふとんに倒れた。

「俺はもうひと寝入りする。頭が痛えんだ」

「旦那」

若党の呼びかけを無視し、伊十郎は目を閉じた。

ゆうべは京橋に住む商家の後家の接待を受けたのだ。手代の持ち逃げ事件をこっそり解決させてやった礼だということで、後家の手料理を御馳走《ごちそう》になった。

色っぽい後家で、触れなば落ちん風情で伊十郎にしきりに酒を勧めた。奉公人の手前もあって口説きはしなかったが、今度は別な場所で会う約束をとりつけたのだ。

勧められるままに呑んだ酒の量はかなりなものだったはずだ。どこをどうやって帰って来たのか覚えていないほどだった。

あの後家の白い襟足や二の腕のなやましさを思い出しながら、伊十郎はまた寝ついてしまった。

目覚めたのは昼過ぎだった。ちょうど、佐平次の家に使いに行っていた小者《こもの》が戻って来て、留守でしたと答えた。

急ぎの用なら、また来るだろうと、伊十郎は軽く考えた。頭の芯《しん》の痛みはとれたが、まだ頭が重い。

それでもどうにか起き上がって厠《かわや》に行った。

用を足して厠から出ると、中間《ちゅうげん》がやって来て、

「押田さまが外にいらっしゃっていますが」

と、知らせてきた。

「押田どのが?」

不快感が胸に広がった。

庭下駄を履き、庭から玄関にまわると、門の傍《そば》に押田敬四郎と長蔵が立っていた。

足音に気づいて、ふたりが顔をこちらに向けた。が、ぐずぐずしていて、こっちにやって来る気配がない。

伊十郎のほうから近づいて行った。

「なんですか、お揃《そろ》いで」

「いや、ちょっと通り掛かったものだからな」

押田敬四郎は取り繕うように答えた。

「井原の旦那。どうしやした、お疲れのようですが」

長蔵が無遠慮にきく。

「二日酔いだ」

「そうですかえ。ところで、佐平次はやって来ましたかえ」

「佐平次だと? きょうは会っていねえな。どうしてだえ」

「いえ。ゆうべはどうです?」

「来た。うむ、なぜ、そんなことをきくんだ?」

「いえね。あっしも佐平次に会ったんですね。それで何か頼まれたんですが、ちと忘れちまって。旦那なら用件を知っているかもしれねえと」

「俺もわからねえのだ」

「わからねえ?」

長蔵が疑わしそうな目を向けた。

「じつは俺も聞いたんだが、忘れた。だから、たいしたことではなかったんだろ」

長蔵が押田敬四郎と顔を見合わせた。

「旦那。失礼しやした」

長蔵が言い、ふたりは踵を返した。

「なんだ、あいつら」

いったい何しに来やがったんだ、と伊十郎は二日酔いと相まってまたも胸の辺りがむかむかしてきた。


「やっぱし、佐平次に騙《かた》られたようですね」

井原伊十郎の屋敷を出てから、長蔵が顔をしかめた。

「ああ。井原の奴はあんな芝居が出来る奴ではない。ほんとうに、佐平次が押込みの話をしていれば、あんなに落ち着いていられるはずはねえ」

押田敬四郎は冷たく言い放ったが、すぐに顔を引き締め、

「だが、佐平次はなぜあんなことを言ったのだろうか」

と、目を細めた。

「あっしらを担ごうとしたんじゃねぇんですかえ」

「佐平次は今までそんな真似はしなかったが……」

「それはそうですが」

長蔵も腑《ふ》に落ちなかった。

「ともかく天津屋へ行ってみよう」

長蔵と押田敬四郎は本石町一丁目の天津屋にやって来た。

大通りの両側に老舗《しにせ》の大店が並んでいる。その中でも一際立派な屋根看板の店が天津屋だ。その前を通り過ぎる。奉公人が忙しそうに立ち働いている。特別に変わった様子は見られない。

行き過ぎてから、

「なんともねえですね」

と、長蔵が顔をしかめた。

「やはり、佐平次に担がれたのだろうぜ」

押田敬四郎も忌ま忌ましそうに吐き捨てた。

往来には荷駄も通るし、大道芸人も通る。商家の内儀ふうの婦人や浄瑠璃《じょうるり》の師匠のような小粋《こいき》な女も通った。

長蔵は行き過ぎた小粋な女に見とれながら、

「それにしても、佐平次はなぜあんな嘘をついたんでしょうね」

と、口だけは敬四郎に合わせている。

「もしかしたら、別な場所に押込みがあるという情報を摑んだってことも考えられるな。俺たちの注意を全然別な場所に引きつけておこうとしたってことだ」

「それが一番考えられますぜ。佐平次がまったくの出鱈目《でたらめ》を言うはずはねえですからね。じゃあ、井原の旦那もおれたちの前でとぼけたってわけですね」

「そういうことだ」

「ちくしょう。手の込んだ真似をしやがって」

長蔵は腹が立ってきた。

「もう一度、井原のところに行くんだ」

押田敬四郎が顔を紅潮させて言った。

長蔵も怒りに体が震えた。例の浪人者の件では佐平次のおかげで面目を失った。佐平次の進言で、もう一度十両の出所を調べ直したら、あの金は娘が遊女屋に身売りをして得たものだという。貧しい浪人暮らしに哀れさを覚えるほど、やわな心臓はしていないが、佐平次に言われて調べ直さなければとんだ間違いをしでかすところだった。

ほんとうなら佐平次に感謝しなければならないのだが、長蔵はそうはとらない。佐平次のせいで、自分の手柄がふいになったと思っているのだ。

八丁堀に急いでいると楓川《もみじ》を越えたところで、伊十郎がやって来るのに出会った。伊十郎は青ざめた顔で冴《さ》えない表情をしていた。

「あとをつけるんだ」

押田敬四郎が言い、とっさにふたりは路地に隠れた。

伊十郎は江戸橋を渡り、目についた自身番に顔を出し、さらに足早に先を急いだ。押田敬四郎があとをつける間に、長蔵は今の自身番に入って伊十郎の用件を訊ねた。

「佐平次親分を探しているようです」

店番の者が答えた。

すぐに押田敬四郎に追いついた。

「佐平次を探しているそうですぜ」

次に伊十郎が向かったのは連絡場所にしている蕎麦屋《そば》であった。そこに入って、すぐに出て来た。

出たところで立ち止まり、伊十郎は天を仰いだ。顎に手をやり、途方に暮れたような顔をしている。

再び、歩き出したが、心なしか元気がない。

長蔵はすぐに蕎麦屋に飛び込んだ。

「今、井原の旦那が来たな。どんな用件だったね」

長蔵は小肥《こぶと》りの亭主にきいた。

「佐平次親分から言づけがないかってことです」

次に伊十郎が向かったのは長谷川町だ。佐平次の家に行くようだ。今時分に佐平次が家にいるとは思えないが、伊十郎は途中から足を早めた。

佐平次の家に着いて、伊十郎は格子戸を開けて入った。が、すぐに出て来た。留守番の婆《ばあ》さんだけだったのだろう。

伊十郎の顔が深刻そうになった。

「どうやら、佐平次は単独で動きまわっているようですね」

「うむ。天津屋に押込みがあるというのであれば当然井原にも報告があるはずだ。どうやら佐平次は別の用件で動き回っているのかもしれねえな」

「そうですねえ」

「まあ、仕方ねえ。伊十郎が動いていないのならこっちも焦る必要はねえ」

「へえ」

長蔵はどこか腑に落ちなかった。やはり、佐平次はこんな姑息《こそく》な手段を使って俺たちを騙す真似をするような男だとは思っていないからだ。

「どうした、長蔵」

「へえ。なんだかしっくりいかねえんですよ」

「うむ。確かに、佐平次の動きが摑めねえのが気にいらねえな」

押田敬四郎は渋面を作った。

伊十郎が悄然《しょうぜん》と去って行く。その背中に西陽が当たった。その背中を見つめていた押田敬四郎の顔色が変わってきた。

「伊十郎の奴。おかしいな」

「そう言われれば……」

いつもの迫力がない。肩は落ち、うなだれた姿は絶望の淵《ふち》に落ちて行く者のようだ。

「どうしやす?」

声をかけようかと、長蔵は言ったのだ。が、押田敬四郎は少し考えたあとで、

「いや、声をかけても仕方あるまい。行こう」

その後、押田敬四郎は町廻《まちまわ》りに出かけたが、長蔵は手下を呼び集め、念のために佐平次を探させた。

夜になって、家で待っていると、手下が戻って来た。

「佐平次はどこにもいませんぜ。今朝から誰も会っていねえようです」

次に戻って来た別の手下も同じ報告をした。

「ごくろうだった。ちょっと、押田の旦那のところに行ってくる。おめえたち、すぐに動けるようにしておいてくれ」

「へえ」

手下が緊張した声で答えたのは、長蔵の厳しい顔つきのせいか。

長蔵が八丁堀の屋敷に辿《たど》り着いたとき、まだ、押田敬四郎は戻っていなかった。四半刻

（三十分）ほど経《た》って、ようやく押田敬四郎が戻って来た。

「なんだ、長蔵か。どうした？」

「やっぱし、佐平次のことが気になりやす。井原の旦那に当たってみようかと思うんですが」

「そうだな。よし、いっしょに行こう」

押田敬四郎も気になっていたようだ。すぐに井原伊十郎の組屋敷に向かった。

伊十郎の屋敷までそう離れていない。ちょうど五つ（夜八時）の鐘が鳴りはじめた。

屋敷に行くと、若党が出て来て、すぐに取り次いだ。佐平次の件だと言ったので、伊十郎は玄関まで飛んで来た。

「井原の旦那。佐平次はどこに行ったのかわかりやすか」

長蔵がきいた。

「いや、わからねえ。朝から探しているんだが、どこに行きやがったか」

伊十郎の顔は青ざめている。

「旦那は、どうして佐平次を探しているんですね」

伊十郎は困ったような顔をした。

ふつうだったら、長蔵などにまともに相手をしないのだが、やはり佐平次のことが気になっているのだろう。

「じつはゆうべ佐平次がやって来た。何か頼まれたのだが、俺は酔っぱらっていた。朝起きたらきれいさっぱり忘れてしまったんだ。だんだん時間が経つうちに大事な話だったような気がしてきてな。それで、佐平次を探しているんだ」

長蔵は押田敬四郎と顔を見合わせた。

「旦那。ゆうべ、佐平次は俺に天津屋に押込みがあると言ったんだ。そんなことを聞いた記憶はありやすかえ」

「天津屋に押込み……」

伊十郎ははたと悲鳴を上げた。

「しまった」

伊十郎が絶望的な声を出した。

七

五つ（八時）に奉公人は二階の部屋に上がった。

天津屋と内儀は自室に引きこもっている。ふたりの部屋は別々であり、間に廊下がある。

その廊下を、佐助は静かに足を運んだ。

そして、天津屋の部屋の前で立ち止まり、中に声をかけて入った。

「やがて、賊は忍んで来ましょう。どうぞ、二階に」

二階ならば梯子段の上がり口で賊を防げるから安全だと言った。

だが、天津屋は首を横に振った。

「私はここにおります。私は天津屋の主人でございますから逃げも隠れもいたしませぬ」

天津屋は強い決意を示した。

「そうですか。わかりやした」

次に佐助は向かいの部屋に赴き、

「内儀さん。どうぞ、お二階にお移りください」

と、頼んだ。

「親分さん。いったいどういうことなのですか。今朝から私を一歩も外に出させないで」

内儀は権高《けんだか》な物言いで不満を口にした。

「そいつは内儀さんの胸の内にお訊ねになったほうがよいかもしれませんぜ」

「どういうことですか」

内儀が険しい目つきで迫った。

「いえ、別に」

佐助はぐっと押さえた。

「失礼じゃありませんか。まるで私を奉公人と同じ扱いにするなんて。主人の差し金ですか」

「きょうの賊がなぜ天津屋に狙いを定めたのか、その胸におききなせえ」

「親分さん。どういう意味かわかりません。はっきり仰しゃってくださいませ」

平助が目顔で、言ってやれと佐助に合図した。

佐助は改まって、内儀の前に腰を下ろした。

「じゃあ、言いやしょう。天津屋のご主人を殺すことに目的があるんですよ。つまり、押込みに見せかけて、天津屋さんを殺そうとしている人間がいるってことです」

内儀が細い眉を寄せた。

「天津屋さんは数ヶ月ほど前から何者かに狙われていたんです。その用心のために、わざわざ用心棒を雇ったほどです」

「……」

「天津屋さんが死んで得をする人間がいるってことです」

「まさか」

「内儀さん。賊の狙いは天津屋さんだけだ。だが、間違いがあるといけねえ。どうぞ、二階に」

「待ってください。誰ですか。主人の命を狙っているのは?」

「内儀さん。今はこれ以上話している時間はありやせん。いつ賊が押し込んでくるかもしれません。どうぞ、お二階へ」

しばらく佐助の顔を見つめていたが、やがて肩を落とし、

「わかりました」

と内儀は青ざめた顔で言い、子どもの手を引いて部屋を出た。

佐助は帳場に戻った。行灯の明かりだけで、土間は薄暗い。

一階にいるのは佐助たちの他には天津屋だけとなった。賊がやって来た場合、この屋敷内に引き入れるつもりだった。この中には、佐助、平助、次助の三人。働けるのは二丁十手《じって》を持った平助に、こん棒を手にした次助だけだ。佐助は腕力には自信がない。だが、外には、伊十郎が手配した捕り方が包囲しているはずだ。

「井原の旦那はだいじょうぶだろうな」

次助が不安を口にしたとき、潜り戸を叩く音がした。

「来たぞ」

佐助は固唾《かたず》を呑んだ。

「佐助。二階に行っていろ」

「だいじょうぶだ」

佐助は震える声で応じた。

「よし、いいな」

平助が土間に下り、手代の振りをして潜り戸の外に声をかけた。

「どちらさまで?」

「旗本の藤原主膳《ふじわらしゅぜん》さまがお忍びで参られた。どうか、お開けくだされ。拙者は用人の元井《もとい》勘兵衛《かんべえ》と申す」

「はい、ただ今」

平助が閂《かんぬき》を外し、戸を開けた。

現れたのは紫の縮緬《ちりめん》の頭巾《ずきん》を被《かぶ》った旗本ふうの武士だ。続けて、黒い頭巾の武士が土間になだれ込むように入って来た。全部で七人。

「われら、旗本……」

途中まで言わぬうちに、賊の声が止まった。

「おぬしは？」

「覚えていたか。佐平次親分だ」

平助が応じる。

「旗本屋敷専門に押し入った盗賊ども。ついに観念するときが来たようだな」

「ちっ。殺れ」

いっせいに抜刀した。

うわおう、という次助の咆哮《ほうこう》が脅かしたのか、賊たちが一瞬怯《ひる》んだ。次助がこん棒を頭の上で振り回した。

平助が二丁十手を構えた。

ひとりが上段から斬りかかってきたのを平助は左の十手で受け止め、素早く右手の十手で脾腹を叩いた。あっけなく、賊は呻く。

次助の振り回したこん棒に頭を殴られ、ひとりが吹っ飛んだ。

「俺が相手だ」

長身の男が次助に向かって剣を無造作に構えた。左手を前に突き出すようにして腰を落し、横に伸ばした右手の剣を立てて構えた。武士ではない。剣の構えも喧嘩《けんか》剣法だ。だが、それでいて、隙がない。修羅場をくぐり抜けている剣だ。

この男が久八という名であることを佐助たちは知らない。だが、一味の中心人物であろうことは見て取れた。

佐助の見るところ、腕が立つのはこの男とおかしら。それに、浪人者だ。あとの三人はたいしたことはない。だが、浪人ふたりはすでに平助と次助によってそれぞれ打ちのめされていた。

長身の男の剣は鋭い。剣を振るたびに泣き叫ぶような風を斬る音がする。

平助には旗本ふうの出で立ちの男が対峙した。刀を片手にだらりと下げたまま、平助の前に進んだ。

平助は二丁十手を構えたまま身動き出来ずにいる。一方、次助も長身の男を相手に冷や汗をかいていた。

旗本ふうの男は傍にいた小男に、

「外の様子を見て来い」

と、平助を睨みながら告げた。

すぐに小男は外に出て行った。佐助は知らないが、伝助という男だ。

平助と次助はふたりとも相手に押されている。

(なぜ、井原の旦那はやって来ないのだ)

佐助は焦った。

小男が戻って来た。

「どこにも町方の姿はありやせん」

格好は侍でも、喋《しゃべ》るのは町人言葉だ。

「よし。ここはいいから天津屋をやって来い」

「へい」

「待て」

平助が上がり口に踏ん張った。

「構わぬ。行け」

そういうや否や、旗本ふうの男が剣を無造作な感じで上段から平助目掛けて振り下ろした。

平助は二丁の十手を交差させて、相手の剣を受け止めた。が、すぐに相手にいなされ、平助は体勢を崩した。

(兄い。あぶねえ)

佐助が革袋から取り出していた小石を相手目掛けて投げた。男が剣で小石を払った。その間、平助が体勢を立て直していた。

平助は首領格の男と闘いながら、三人が奥へ向かうのを防いでいる。が、平助も相手の目まぐるしい攻撃に翻弄《ほんろう》されていた。

（井原の旦那。何をしているんだ）

佐助は神経が苛立った。

まさか、この騒ぎに気づいていないのかと思ったとき、三人が佐助を目掛けて突進して来た。佐助はあわてて手に持っていた棒を振り回した。

先頭の男に当たって悲鳴を上げた。その悲鳴に驚いて、佐助が竦《すく》んだすきに、小男が廊下の奥に向かった。

「あっ、待て」

佐助は夢中で追いながら革袋から小石をつまんで思い切り投げた。

小石が男の後頭部に命中した。悲鳴を上げて、小男は後頭部を押さえた。さらに、もう一つ投げる。

だが、それは大きく外れた。小男は目を剝《む》いて佐助のほうに向かって来た。ひぇっと、佐助が短く叫んで帳場のほうに逃げた。

相手が追って来た。その凄《すさ》まじい形相に、佐助は足が竦んだ。

刀を振りかざし、小男が迫ったとき、

「北町奉行所同心井原伊十郎だ」

と、大音声がした。

「南町の押田敬四郎」

ほぼ同時に怒鳴って、長蔵ともども入って来た。

首領格の男と長身の男は身を翻し、伊十郎と押田敬四郎のほうに突進し、ふたりは凄まじい勢いで潜り戸を出て行った。

「待て」

伊十郎が追った。

小男もあとに続こうとしたが、次助がこん棒で足払いをすると、はげしくもんどり打って倒れた。

そこを長蔵が飛び掛かり、お縄にした。

しばらくして、伊十郎が戻って来た。

「逃げられた」

「旦那。町方は?」

佐助が食いつくようにきいた。

「いや、間に合わなかったんだ」

「間に合わなかった?」

次助が素っ頓狂な声を出した。

「それより、一味をよく捕まえた」

長蔵の手下が浪人者たちにお縄を打っていた。

「肝心のふたりには逃げられちまいましたよ」

佐助が睨むと、伊十郎は小さくなって顔をそむけた。

平助は何も言わずに平然としていた。なぜだと、佐助は不審に思った。なぜ、平助兄いは伊十郎に腹を立てないのか。そのとき、ゆうべ八丁堀に向かう途中で乞食に会ったことを思い出した。そう言えば、あの乞食は仏の久兵衛との繋《つな》ぎの者だった。

平助が顔を向けた。その表情に余裕を見つけて、佐助はあっと思った。

八

それより少し前、田之助は蓑屋の前に立っていた。

きのう、浅草六軒町の医師順斎の家から逃げたあと、入谷のおくにの家に向かったのだ。天津屋の妾のところだ。

だが、おくには別の場所に避難しているらしく家には誰もいなかった。勝手に雨戸をこじあけて侵入し、そこできょうの夕方まで死んだように眠っていた。

まだ腹部に痛みがある。だが、きのうよりはだいぶよさそうだった。この十年間に鍛えてきた肉体の回復力は想像以上だった。

おくにの家にあった食べ物を口に入れ、夕方に田之助は蓑屋に向かったのだ。

暮六つ（六時）の鐘が鳴りはじめて、蓑屋は店を閉めた。それからしばらくして、奉公人の若い男が帰って行った。

しばらく様子を窺っていると、蓑屋が裏口から出て来た。田之助はすぐに飛び出して行った。

「あっ、おまえは」

蓑屋がのけぞった。

「入れ」

蓑屋を強引に家の中に戻した。

「どうするつもりだ？」

蓑屋の声は震えを帯びている。

「おめえが駒次郎とつるんでいたとはな。この間の礼をたっぷりさせてもらうぜ」

田之助は匕首を抜いた。

ひぇーと、蓑屋が悲鳴を上げて腰を抜かした。

「俺のことだけじゃねえ。天津屋の主人を殺し、店を乗っ取ろうとした極悪人め。覚悟しやがれ」

「助けてくれ」

相手の襟首を摑み、田之助は匕首をぐいと突き出した。が、田之助は切っ先を蓑屋の喉元三寸手前で止めた。

「助けて欲しいなら何でも正直に言うんだ」

「ああ、わかった」

「三年前、天津屋の大旦那が酔っぱらって川にはまって死んだ。おめえの仕業だな」

蓑屋は口をぱくぱくさせた。

「どうなんだ？」

「違う」

蓑屋が首を横に振った。

「やい。ほんとうのことを言わねえなら」

田之助は匕首の切っ先を喉に当てた。蓑屋は目を剝いて恐怖に顔を引きつらせた。

「覚悟しろ」

田之助は匕首を持つ手に力を込めた。

「待て。待ってくれ」

蓑屋が悲鳴を上げた。

「助けてくれたら大事なことを教えてやる」

「なんだと」

「助けてくれたら、教える」

もう一度、蓑屋が言った。

「よし、なんだ？」

「天津屋に駒次郎が押し入るぞ」

「なに」

「早く行かねえと、天津屋は殺されるぜ」

蓑屋が薄ら笑いを浮かべた。

「てめえって奴は」

田之助は匕首の柄で蓑屋の顔を思い切り叩いた。蓑屋は悲鳴を上げて倒れた。

「命だけは助けてやる、この獣《けだもの》」

そう吐き捨て、田之助は身を翻した。

本石町一丁目まで走るのは辛く、田原町に出て、駕籠屋に飛び込んだ。銭を奮発すると言って、本石町まで急がせた。

天津屋の前に着いて駕籠を下りたとき、ちょうど同心と岡っ引きが天津屋の潜り戸を入って行くところだった。

と、すぐに入れ代わるように頭巾を被った侍が抜き身のままふたり飛び出して来た。背格好で、駒次郎と久八だとわかった。

暗がりに身を隠し、田之助はふたりをやり過ごした。駒次郎のほうに何か不具合があったことは明白だ。

佐太郎が無事だったか気になったが、田之助は駒次郎たちのあとをつけた。

路地を入ったりして裏道を抜けて、駒次郎たちは筋違《すじかい》御門から裏道伝いに湯島天神下を抜けて不忍池の辺に出た。

田之助は腹を押さえながら必死にあとを追った。料理屋や出合茶屋の明かりが点々と灯っている。ふたりは池の畔《ほとり》に沿って根津のほうに向かった。

やがて、ふたりの足がゆっくりになった。この辺りは茅町二丁目だ。ふたりは逃げるのに必死で、尾行にはまったく気づいていないようだった。

寝静まった町の中をふたりは悠然と歩き、ある二階家の前で立ち止まった。池に近い。格子戸が開き、中から女が顔を出して迎え入れた。

駒次郎と久八が入ったあと、女が外に顔を出し、辺りを窺った。尾行者の確認だろう。女が引っ込んだ。

(姐さん)

おかしらの妾だった小夜だ。

駒次郎は途中で女衒に売り飛ばしたと言っていたが、嘘だったのだ。ちくしょう、と田之助は匕首を抜いた。

痛む傷口を押して、田之助が家に飛び込もうとして近づいたとき、

「やめたほうがいい」

と、後ろから肩を摑まれた。

驚いて振り向くと、そこにぼろをまとった乞食が立っていた。

九

それから刻が経ち、丑《うし》の刻。町は寝入っている。静寂な夜だ。足音を忍ばせて、佐助たちがやって来た。

佐助たちは乞食の案内で雑木林を抜けたところにある葦簾《よしず》張りの小屋の傍に行った。その横の暗がりの中に男が待っていた。

「田之助さんだね」

佐助が声をかけた。

「へい」

「奴らは七化けの半蔵の手下だった者だな」

隠れ家のほうに目をやって、佐助はきいた。

「へえ。駒次郎と久八です。それに、半蔵親分の妾の小夜という女」

「まだ、出ていないな」

「ずっと見張っていやした。逃げちゃいません」

田之助が答える。

「おそらく、夜明けを待って江戸を去るつもりかもしれねえな」

長蔵がしゃしゃり出て来た。

ろう。


「それまでには捕物出役もやって来るだろう。来しだい、あの家に突入するぜ」

押田敬四郎が指揮をとるように言った。伊十郎が小さくなっているのは負い目のせいだろう。

「佐平次親分。佐太郎、いや天津屋さんはご無事で？」

「ああ、だいじょうぶだ。それより、蓑屋はどうした？」

「へえ。ちと痛い目に……」

「田之助さん、妙なことを訊ねるが、七化けの半蔵には爪と爪をこする癖はなかったかね」

「へえ、ありやした。親分さん、それがどうかしやしたか」

そのとき、隠れ家を見ていた次助が緊張した声を出した。

「誰か出て来た」

「なんだと」

押田敬四郎が小屋の横から覗いた。

「奴らだ。旅支度をしている」

男ふたりは笠《かさ》を被り、手甲、脚絆《きやはん》に道中差。仲間が捕まったのだ。すぐに口を割らないまでも、この場所を知られるのは時間の問題だ。だから、早々と逃亡しようとしたのだろう。

「ちくしょう。捕物出役は間に合わねえ」

長蔵が顔を歪《ゆが》めた。

「あっ、向こうに行くぜ」

次助が喚《わめ》いた。

三人は根津権現《ごんげん》のほうに向かった。中山道をとるようだ。

「ちくしょう」

いきなり、田之助が飛び出した。

すぐに佐助たちもあとを追った。

「待て、駒次郎」

旅姿の三人が足を止めた。

「てめえたち、どうしてここに」

振り返った駒次郎が呻くように叫んだ。

「御用だ」

長蔵が十手を向けた。

「こうなったらてめえたちを血祭りにしてから旅立ちだ」

駒次郎は振り分け荷物を放《ほう》り投げ、さっと道中差を抜いた。久八も勢いよく刀を抜いて構えた。

「駒次郎は俺にやらせてくれ」

田之助が駒次郎に向かった。

駒次郎は刀をだらりと下げた。田之助が構える。田之助を援護するように、伊十郎と平助が迫る。

久八には次助と長蔵の子分たちが臨んだ。押田敬四郎は女を捕まえた。

佐助はただ突っ立っていた。だが、それが佐平次親分だと知れば、余裕の現れと見てとるかもしれない。

田之助が仕掛けた。駒次郎は下から刀をすくい上げるようにして匕首を弾く。なおも怯まず、田之助は駒次郎の胸元に飛び込んで行く。

無茶だ、と佐助でも思った。あまりにも強引だ。駒次郎の刀が一閃《いっせん》し、田之助の左の二の腕を掠《かす》めた。

田之助がよろけた。そこに、駒次郎が上段から斬りつける。あっと、佐助が短く叫んだとき、伊十郎が飛び込み、駒次郎の胴に刀を横一文字に払った。駒次郎は体を開き、切っ先を避けた。が、この機をとらえて田之助が駒次郎目掛けて突進した。

しかし、すぐに体勢を整え、駒次郎は田之助の匕首を払い、すかさず返す刀で田之助の肩を袈裟懸けにした。

あっと佐助は叫んだ。肩から血を噴き出しながら、田之助は強引に駒次郎の腹部目掛けて匕首を突き刺していった。田之助は刀を避けようとせず、わざと身を斬らせ駒次郎に向かったのだ。

田之助と駒次郎がもつれあいながら倒れた。が、すぐに駒次郎が立ち上がり、足元に倒れている田之助の胸目掛けて刀を突き刺そうとした。

そのとき、さっと平助の十手が飛び、風を切って振り上げた駒次郎の腕に当たった。駒次郎はよろけた。腹部から血が出ている。

凄まじい形相で、駒次郎は刀を振りかざしてきた。平助は一丁十手を交差させ、刀を受け止めた。そして、一方の十手の太刀《たち》もぎの鉤《かぎ》に相手の刀を入れて自由を奪い、もう一方の十手を相手のこめかみに打ちつけた。

ぎぇっという奇妙な声を発して、駒次郎が倒れた。

「おまえさん」

女が駆け寄って来た。小夜という女だろう。

佐助が久八のほうに目をやると、次助の足元で伸びていた。

「田之助、しっかりしろ」

平助が田之助を抱き起こしてやる。

佐助もすぐに飛んで行った。

「田之助」

佐助は田之助の手をとった。

「佐平次親分。佐太郎のこと、天津屋のことを頼みやす」

「しっかりするんだ。今、医者に連れて行く」

「もう無駄だ。お千代さんに佐太郎と仲良く……天津屋を守っていくように」

田之助の声は切れ切れになった。

「それから、もう一つ頼みが……」

「なんだ?」

「あっしの連雀《れんじやく》町の家、その鴨居《かもい》に金が隠してありやす。その金を、深川櫓下の紅屋という娼家《しょうか》……」

田之助は苦しそうに続けた。

「そこにいる染太郎って娼妓に渡して……」

田之助は佐助の腕を掴んだ。

「身請けしてやると約束した。その金で……」

呼吸が荒くなった。

「田之助。聞いたぜ。心配するな」

芸者の小染に似た染太郎の名はしっかりと頭に刻んだ。

翌日、天津屋に赴き、佐太郎こと天津屋立右衛門と内儀のお千代を前にして、佐助は田之助の死を伝えた。

「親分、嘘でしょう。嘘でございましょう」

天津屋が悲鳴のような声を出した。

「田之助は恩誼のある半蔵の怨みを晴らすために死んでいったぜ」

お千代が顔をひきつらせている。

「お千代さんに田之助の最期の言葉がある。よく聞いてもらいてえ。田之助はこう言った。佐太郎と仲良くして天津屋を守っていってくれと」

突然、お千代が畳に突っ伏した。

「天津屋さん。いろいろな事情があるだろうが、田之助の最期の頼みを無駄にしねえでもらいてえ」

「はい。お千代さえ承知なら私は……」

そう言った天津屋が苦しそうな表情になったのは、入谷のおくにのことを考えたからだろう。

「おまえさん。私が悪うございました。依怙地《いこじ》になって……。許してください」

内儀は天津屋に向かって畳に額をつけるようにして謝った。

そんな内儀を、天津屋はいたわるような目で見ていた。


数日後、櫓下の紅屋という娼家の帰り、佐助は天津屋の菩提寺《ぼだいじ》である弥勒寺に赴いた。ここに田之助の亡骸《なきがら》は葬られたのだ。天津屋先祖代々の墓の横に、田之助の新しい墓標が建っている。

佐助は田之助に染太郎に金を渡してきたことを告げた。

染太郎は苦界から足を洗えることを喜ぶ以上に、約束を守ってくれたことのほうがうれしいと泣きじゃくった。

「あとは、おけいのことだな」

佐助は気重そうに呟いた。

佐助の心を映したように梅雨空はどんよりとしている。

おけいは半蔵の子に違いない。母親は盗賊の子であることを隠すために、あえて間宮庄右衛門の子であると言ったのだろう。

間宮庄右衛門はこの結果に満足し、佐助たちへの謝礼もたっぷり弾むかもしれない。その限りでは喜ばしいことだが、おけいの気持を考えると複雑だ。

盗賊の子だと知ったら、おけいは衝撃を受けるだろう。これから生きていく上で、悪い影響はないだろうか。

そのことを言うと、

「おけいはしっかりした娘だ。そんなことでいじけるような弱い人間じゃねえ」

と、平助はきっぱり否定した。

だが、と平助は続けた。

「ここは佐平次ではなく、俺たち三兄弟の考えでけりをつけようじゃねえか」

「どういうことだ?」

佐助は訝ってきく。

「俺たちはもともと美人局《つつもたせ》で鼻の下の長い男どもを騙してきた小悪党さ。その小悪党の三兄弟がこれから間宮さまに会いに行くってことだ」

「言っている意味がよくわからねえ」

次助が焦れたように言う。

「そうか。そういうことか」

佐助がうれしそうに叫んだ。

「なんだ、佐助。教えてくれ」

「つまり、おけいは間宮さまの実の子ってことで報告する。そうだろう兄い」

「そういうことだ」

「げっ。そんなことしたら謝礼は貰《もら》えねえじゃねえか」

「そうとも限らねえ。今度はおけいを説得するってことで話をつける。そうすれば、その分の謝礼は貰える。なあ、兄い」

「そいつはどうかな」

と言ったが、平助も笑っている。

「こいつは面白くなってきたな」

次助が手を打って喜んだ。

「やっぱし、佐平次親分として正義ぶっているより、こういうことをやるほうが俺たちの性に合っているのかな」

佐助も笑いを噛《か》み殺した。

そのとき、いきなり、

「よう。何をそんなにはしゃいでいるんだ」

と声をかけられ、佐助は飛び上がった。

「だ、旦那」

井原伊十郎が山門の外に立っていた。

「墓参りに行ったって聞いたんで、やって来たんだ。ずいぶん、楽しそうじゃねえか。いってえ何の話をしていたんだえ」

「なんでもありやせん。それより、旦那。俺たちに何か用ですかえ」

佐助はあわてて問い返す。

「うむ。じつはな、さっき間宮さまに呼ばれてお屋敷に行って来たんだ。おけいのことでな」

「おけいのこと」

どきりとして、佐助は伊十郎の顔を見つめた。

「間宮さまの妻女がおけいのことに気づいて、勝手におけいに会いに行ったらしい。激しい怒りようだったという」

「へえー」

「ところが、おけいに会ってから、その人柄がすっかり気に入っちまったそうだ。それで、おけいを引き取ることにしたそうだ」

「なんですって」

佐助は息が詰まりそうなほど驚いた。

「驚くのも無理はねえ。俺もたまげたからな。間宮さまも心当たりがあるならあると最初から言ってくれればいいものをな。まあ、そういうことだ。だから、このことは一件落着ってわけだ」

「そんな」

当てが外れて、佐助はがくっときた。

「旦那。礼金は？」

次助がおそるおそるきいた。

「俺が預かってきた。あとで、分けてやる」

「分けるとはどういうことですかえ。これは俺たちが頼まれたことですぜ」

次助がむきになった。

「中に立ったのは、俺だ。じゃあ、あとでな。これから番所に戻らなきゃならねえんだ」

伊十郎は逃げるように立ち去った。

「あっ、旦那」

ふと冷たいものが顔に当たった。

梅雨空からとうとう雨が降り出してきた。ちくしょうと次助は天を仰いだ。平助は苦り切った顔で伊十郎の去ったあとを見ている。

佐助はふとおくにのことに思いを馳《は》せていた。天津屋と別れ、おけいとも離ればなれになって、おくにはひとりぽっちになってしまうではないか。

「おくにのことなら心配はいらねえ。天津屋がそれなりのことをするはずだ」

平助が言ったので、えっと佐助は飛び上がった。

「兄いは、ひとの心が読めるのか。どうして、俺の心がわかったんだ」

「ばか野郎。てめえで、おくにと呟いたじゃねえか。さあ、行くぞ」

駆け出した平助を、佐助は追った。次助もあわてててついて来る。

雨が激しくなってきた。

時代小説文庫
こ 6-4

修羅《しゅら》の鬼《おに》 三人佐平次捕物帳《さんにんさへいじとりものちょう》

著者 小杉健治《こすぎけんじ》

2006年2月18日第一刷発行
2018年1月18日第三刷発行

発行者 角川春樹

発行所 株式会社 角川春樹事務所
〒102-0074 東京都千代田区九段南2-1-30イタリア文化会館

電話 03(3263)5247[編集] 03(3263)5881[営業]

印刷・製本 中央精版印刷株式会社

フォーマット・デザイン＆シンボルマーク 芦澤泰偉

ISBN4-7584-3219-8 C0193

http://www.kadokawaharuki.co.jp/[営業]
fanmail@kadokawaharuki.co.jp[編集] ご意見・ご感想をお寄せください。

時代小説文庫

小杉健治

地獄小僧

三人佐平次捕物帳

書き下ろし

世間での岡っ引きの悪評を憂いていた同心・井原伊十郎は、美人局《つつもたせ》の罪で捕まえた三兄弟、頭は切れるが悪人面の平助、力だけは人並み以上の次助、女も敵わぬ美貌の佐助の三人を、岡っ引きとして売り出すことを思い付く。罪を問わぬ代わりに、三兄弟に「佐平次親分」を名乗らせ、その評判を上げさせようと考えたのだ。同じ頃、大店《おおだな》に押し込んでは皆殺しにして金品を奪う「地獄小僧」が治安を脅かしていた。三人で一人の佐平次は、この凶行を止めることができるだろうか？

小杉健治

丑の刻参り

三人佐平次捕物帳

書き下ろし

同心・井原伊十郎によって岡っ引きにされた「佐平次親分」。実は、切れ者の長男・平助、力自慢の次男・次助、色男の三男・佐助の三人兄弟で一人の岡っ引きだった。佐平次の活躍で地獄小僧一味は捕らえられ、頭目・狢の平三郎は市中引き回しの上獄門となったが、一味の生き残り和五郎が重兵衛とともに、平三郎の敵討ちのために策を練り始めていた——。佐平次に襲いかかる罠、そして「丑の刻参り」の謎とは果たして何なのか？　書き下ろしで贈る、大好評のシリーズ第二弾！

時代小説文庫

長谷川 卓
血路
南稜七ツ家秘録

甲斐から諏訪に行くためには、龍神岳城を通らねばならない――。武田晴信―後の武田信玄―は、芦田満輝の龍神岳城を武田の陣営にするための策略を練っていた。武田の暗殺集団〈かまきり〉と、山の者の集団〈七ツ家〉の壮絶なる死闘を描く、ノンストップ時代アクションの最高傑作。選考委員の森村誠一氏、北方謙三氏、高見浩氏、福田和也氏に絶賛された第二回角川春樹小説賞受賞作、ここに登場!(解説・細谷正充)

長谷川 卓
死地
南稜七ツ家秘録

書き下ろし

山の民〈南稜七ツ家〉の二ツは、秀吉軍に敗色濃厚な柴田勝家より、御方様を城より無事助けるよう、依頼を受けた。それは、二ツと秀吉を守る森の民・錣《しころ》一族及び謎の老婆久米との、長く壮絶な戦いの幕開けであった。「荒唐にして無稽、しかしながら息もつがせぬ興奮の連続、こは山田風太郎奇跡の復活か」と、浅田次郎氏絶賛の、戦国の闇を舞台に縦横無尽にくり拡げられる長篇時代小説の傑作。書き下ろしで遂に登場。

時代小説文庫

長谷川 卓
柳生七星剣
書き下ろし

「駿河大納言様の御命を守るのだ」——父の仇討ちと修行のため旅に出ていた槇《まき》十四郎正方《まさかた》は、伯父の幕臣・土井利勝《としかつ》に江戸に呼び戻された。駿河大納言とは、将軍・家光の弟である。敵は将軍家に兵法を指南する柳生家。柳生には、裏の顔を支える、両角鳥堂《もろずみうどう》率いる七星剣と呼ばれる七人の刺客たちがいた。十四郎は、恐るべき暗殺剣をふるう彼らに立ち向かうのだが……。新たなる剣豪伝説、書き下ろしで遂に登場。

長谷川 卓
柳生双龍剣
書き下ろし

「加賀前田家・ご継嗣を殺《あや》めよ」一六一九年、徳川頼宣の転封に伴い、紀州田辺に移った附家老・安藤帯刀が、飛騨忍び〝燕忍群〟の棟梁に仕事を依頼した。一方、老中・土井利勝の甥、槇十四郎正方は、熊野街道で瀕死の重傷を負った忍びを助けるが、介抱むなしく事切れる。その後、桑名に向かった十四郎は、将軍家指南役柳生の嫡男、七郎とばったり出会う。紀州の陰謀を巡る柳生と燕忍群の血煙吹き上がる死闘が火ぶたを切る！　槇十四郎正方シリーズ、待望の第二弾。